El amolador

Waldo Pérez Cino
El amolador

Primera edición en Bokeh, 2012 (Antwerpen: Bokeh)
Segunda edición en Bokeh, 2015 (Leiden: Bokeh)

© Waldo Pérez Cino, 2011
© Fotografía de cubierta: W Pérez Cino, 2011
© Bokeh, 2012, 2015

ISBN: 978-94-91515-11-8

Todos los derechos reservados. Cualquier forma de reproducción, distribución, comunicación pública o transformación de esta obra sólo puede ser realizada con la autorización de sus titulares, salvo excepción prevista por la ley.

1 9
2 11
3 13
4 15

I
Cuatro casas 19
Rinaldi 21
Casa 23
Mimbres 25
La tarde 27
El cartógrafo 29
Blanco 31
El consuelo 33
Aquilea Abaton 35
Marea de marzo 37
Pátinas 39

Primavera 41
El amolador 43

II
Sucesivas 47
Mirar de lejos 49
Sombra larga 51
Estampitas 55
Guido 59
Augures 65
Custos rotalorum 73
Sin noticias 83
Vladimiro 85
Entresuelos 87
Versión de Ofelia 89
Cinna el poeta 91
Simulacro 93

III

Casandra 97	Maitines 133
Rumbos 99	Intermezzo 137
Daguerrotipos 101	Aire 139
Sin sueño 103	Una sombra 141
Esmeril 105	Música 143
Ramitas 107	Duelos 145
Sin sorpresas 109	Villebois-Lavalette 147
Día de sombra 111	La trifulca de los pájaros. 149
A sabiendas 113	1939 151
Pintamos 115	
En ciernes aguacero 117	V
Camanances 119	Al sur 155
	Viento 163
IV	Tránsito 165
Jardín 123	Doce cuerdas 167
Volver a escribir 129	El gran andén 169

veritas patefacit se ipsam et falsum

I

He decidido mostrarle mis poemas a Sabine. Tras mucho meditarlo, todo hay que decirlo. Tras mucho romperme la cabeza. Anoche, es curioso, me decidí por fin. Me recibió frívola, un punto fría, con algo de atolondramiento. Nada que hiciera esperar de ella una buena lectora.

¿Incluso los de antaño?

Incluso los de antaño. Los de Cuba.

Hoy en cambio me recibió alegre, pero no cabría decir, no podría pretenderse bajo ningún concepto que frívola u ofuscada.

Y eso me pareció una buena señal. Me pareció que sabría leer –¡incluso entre líneas!– en la justa acepción. Así que le extendí el libro.

Como si me quitara un peso de encima.

2

Nueva ruta a la facultad, ruta nueva y recién descubierta a esa placita de los estudiantes. Verifiqué dos veces el camino, cosa de luego no perderme (ocurre a veces y entonces me siento ofuscado, como si hubiera soñado lo que sé bien que es real).

La ruta a la facultad no presenta inconvenientes.

La otra, en cambio, sobre todo a la vuelta, resulta confusa: la calle que desemboca en la plaza puede seguirse sin problemas, pero cuando se intenta otro camino de retorno la calle de al lado no parece ser, como debiera y a todas luces parece, paralela a aquella.

Lo compruebo una tercera vez y el problema, en efecto, excede cualquier lógica.

Todo pareciera indicar que no tiene solución diáfana.

O que no se la veo yo por ninguna parte.

De cualquier modo, tras insistencia y casi a punto del cuarto intento suena el teléfono y es Sabine: me espera en la plaza, dice. Así que regresé a la plaza pensando en la vuelta. Canturreando por lo bajo y pensando del mismo modo, como en sordina, en la vuelta. Aunque parezca increíble, había olvidado que desde ayer tiene el libro.

Tendría que intentar centrarme en los ejercicios, pienso. Tampoco con esfuerzo. Comedida, pausadamente.

3

Ejercicio: imaginar habitado el espacio. Ocupado. Ropa en una silla, dos muchachas que conversan sentadas en el suelo, olor a café recién hecho y brisa de ventanas, viento de voces. Aire que corre, ruidos los menos.

¿Frutas, agua, ropa en una silla, qué? ¿Libros?

Frutas, por ejemplo. En un cuenco sobre la mesa: papaya, granadas, un mango, algunas peras de piel oscura pero frescas. La frescura indica el tránsito, el presente. El truco está en evitar piezas pochas, organismos ya consumidos en sí mismos.

Helechos recién regados, conservan la humedad. El frescor.

Y la dulce e inane sensación de las palabras en la boca, de unos ojos que escuchan. El olor del pasado, que lo llena por un momento todo como el aroma del café y luego se disipa.

Que luego se entibia.

Limas, limones en agua. Guanábanas, pulpas ácidas.

4

¡Sólo se puede disculpar aquello que no tiene perdón!
Acabo de leerlo en los diarios de Musil. No he anotado la fecha. Sólo se puede disculpar algo que no es posible perdonar, escribe Musil. Y también: A menudo también se puede disculpar algo que no es posible perdonar y que, en ocasiones, no es culpa de uno mismo.
Sería buena cosa llevar un diario.
¿No lo son acaso estos cuadernos? No, no lo son estos cuadernos.
Ni tampoco los poemas de los que Sabine no dice nada, aunque no es menos cierto que podrían leerse como si lo fueran. Un dietario más bien remoto, más bien atrabilario o inconexo, pero bien se podría. A propósito, he vuelto a ver en su rostro atisbos de impaciencia. O de frivolidad. Como si perdiera la calma y necesitara, tralalá, salir a la calle o darse una vuelta o irse a la cama con otros. Sólo por sentirse halagada. O por sentirse viva, diría ella.
Bien mirado, la frase de Musil es ambigua.
Se nota cuando se la lee en voz alta. A veces, leer en voz alta pone las cosas en su sitio.
No todas las cosas, pero sí la mayoría.
Quizá deba leer en voz alta los poemas.
¿A ella?

A ella creo que no. Porque no la imagino escuchándolos. Puedo imaginarla leyéndolos, puedo incluso anticipar o calcular cómo pueda leer tal o más cual, hasta puedo creer –¡y lo espero! ¿qué otra cosa si no?– que alguno la reconforte o la sorprenda. Por ejemplo: puedo imaginarla a solas, leyendo bocabajo y acodada en su cama, las piernas levemente entreabiertas, mordisqueando digamos que con desinterés una galleta mojada en té, o anotando algo en un cuaderno, quién sabe, el trazo rápido de quien lee, escolia mínima.

Pero de ninguna manera consigo imaginarla a gusto escuchándolos.

I

Cuatro casas

No hay una casa, pero pudiera escribir A la vera del camino las cuatro casas se apiñaban, la pared de la una también pared de la otra, vibrarán y caerán juntas cuando dejen de estar, a todo llega su hora y el término, etcétera. No hay camino aquí, la casa es un capricho, pero sí lo habrá allí donde se apiñen. Ya lo hay, y son cuatro las casas, en lontananza una mancha lejana para quien camine (alguien que camina) y atisbe y se acerque quizá, o piense hacerlo, una mancha primero difusa y que va de a pocos tomando cuerpo y sentido –cuatro casas, una mancha poblada en una extensión desierta, quizá hubo aquí agua, quizá haya alguien–.

Tiene sed el hombre que camina y se da esperanza de saciarla, habrá alguien o habrá agua, no más desierto, no más espejismo de palmeras ni oasis cuando esas cuatro casas queden ya cerca, al alcance de la mano, agolpadas al borde del camino no sólo en cercanías sino también por presencia, se le hará súbita o inmediata a quien camina hace horas con sed si llega, si es que llega, si hubiera allí cuatro casas y en las casas alguien, o agua, fabulará el agua y quien la brinde, una muchacha que acerque el vaso o la jarra y charlotee no importa de qué –entre tanto desierto querrá hablar y quien sabe si más–, se le hará todo súbito si llega hasta allá, si es que, si en ese punto siempre distante hubiera.

Rinaldi

Reacio a la vejez, a la gloria, al cansancio, Genaro Rinaldi compone un verso último. No es siquiera suyo; es de otro que no ha nacido y que Florencia aborrecerá, de otro que será inmortal. Rinaldi lo sabe y sabe al otro y supone la finitud de las cosas.

Cualquier página (ha pensado) lleva sobre sí las pocas letras que componen el mundo: las palabras son, siguen siendo las mismas.

Afuera han clavado la puerta. La peste pasará y los hombres con ella y con ellos el recuerdo; comentarán entre sí el horror de las pilas que hacen los cuerpos, darán gracias a Dios por la multitud de los vivos y dolerán entre todos la muerte tumultuosa.

Rinaldi siente profundamente todo esto. Tiene sed. La péñola en su mano (como en otras ha sido) se demora con la firma inútil que nadie leerá.

Casa

Las palabras felices que se escurren
—¿Como sobre la piel?
sí, como yemas de los dedos sobre piel húmeda, se escurren pero no terminan, no una gota que rueda sobre el vidrio y cae sino una caricia que siempre recomienza o que no se agotara nunca, tan constante como el cuerpo que la alienta o la carne continua que recorren ávidos los dedos. Saber a qué saben el deseo y a qué sabe tenerte
No mía, sino tuya, entera,
o a qué sabrá aquello que las palabras, cuando quieren decirlo bien o mal —o es sólo el intento, un balbuceo—, se escapa o se pierde o las reclama de nuevo: como ese tramo de piel anterior, previo siempre al instante o al ahora de un beso —el tramo previo a ese de la piel bajo la boca— que para ser previo necesita del momento ulterior. O que más bien necesita ser, volver en presente y de nuevo; sea lo que sea aquello siempre tejiéndose sobre un presente que cada segundo recomienza. Aun si es de la piel que se echa de menos. Aun de la piel que se toca. Sobre las dos —la mía y la tuya, son la misma— se deslizan las palabras que acarician y las yemas felices de los dedos, como párpados que se cierran sobre los ojos que no saben nombrar lo que ven pero en cambio qué bien

(y qué nítido, qué preciso, qué plena la mirada),

lo ven, qué bien lo ven; lo están mirando sin pausa, y aun continúa allí con los ojos cerrados. O como párpados que humedecen los ojos sólo para abrirlos enseguida de nuevo: mientras lo hacen se sigue viendo. O acaso como un sabor que llena la boca, un sabor que es tanto de la lengua que lo goza como de la fruta increíble que se deshace entre los dientes. Y que es sabor justo por eso, porque está a un tiempo en la pulpa y el paladar, en el zumo y la saliva –simultáneos y el mismo sin dejar de ser distintos, cada uno por el otro o en el otro completo.

Mimbres

Bicicletas con cestas de mimbre, camino a la playa. Cestas pintadas de blanco, delante del manubrio. La impresión de que ese itinerario en bicicleta bien pudiera confundírseme con otro (¿no se me ha confundido ya, de hecho?) recurre, no sé por qué, una y otra vez. La impresión o más bien previsión, algo como si dijéramos vislumbre: en presente pero de antemano hecha memoria. Como si supiera ya que se confundirá, en algún momento, como si previera no sé qué. Y saberlo entonces, claro. Luego, en una pausa, ostras: la vendedora en el mercado que las dispone por tipos, más lechosas, menos lechosas (también por precio la docena). Fisgoneamos y el suelo parece una superficie líquida. Una superficie de aceite o de azogue que reflejara sobre sí misma (que reflejara con parsimonia sobre sí misma) el mundo de las cosas al derecho.

Afuera, enfrente del mercado, mimbres a la sombra. Bicicletas apoyadas en los árboles. Cuando nos vamos están lavando ya los mostradores donde habíamos comprado las ostras, metal reluciente bajo el chorro de agua, aluminio, música.

La tarde

En una fonda de la Habana inglesa del dieciocho, un hombre y una mujer conversan o simulan gravemente unas palabras, más o menos como podrían simular que la fonda es una taberna y que la ciudad ahora de Albemarle es una ciudad y no un enclave, un puerto pútrido. Desde el atrio y el polvo, otro hombre, que los conoce, los observa y piensa. La mira a ella, siente la humedad del día, mueve la pierna para evitar un calambre. Pensar, piensa en el día y se ve a sí mismo, dentro su cabeza, como en un sueño que soñaran otros; piensa también —esto recurre— en cobrar una traición. Sabe a lo que está como si ya lo hubiera hecho. Lo sopesa, la mira. A ella.

Ella, porque no hay simetría en esta historia, se supone custodiada por su espectro o por él mismo. El que con ella conversa, de nombre Giulio, genovés, según la leyenda intramuros orfebre de vasta fama, desconoce sordas porciones de pasado y saberlo (saber o intuir lo que desconoce) le regala una vaga aflicción. Afuera llueve a cántaros, diluvia con dureza que pareciera ignorar la ciudad; un pretexto tan baladí como cualquier otro para el vino y —es un decir— el compartido silencio.

Adentro, ella juega con las piedras que él le ha regalado; se las coloca sobre los dedos y sueña con anillos, sueña semanas y meses y años. Esboza y borra figuras sobre el roble del mesón, que se deshacen obedientes como se esfuman los hombres; él comenta que las piedras olvidan como único saben hacerlo las cosas. Sólo las cosas transcurren, dice. No la nobleza de alguien o su infamia, pero si unos olores o un color, un gusto de alcoba o de cocina, las palabras para el mulo y las palabras para el amor, un gesto o una señal… Estas cosas, afirma, sí se olvidan. La mujer consiente con una sonrisa y se cubre con el chal. El rojo de la tela no la salva del rojo de la sangre; Giulio no grita y en el atrio resuena otro disparo.

Como en un sueño los dos hombres se abrazan.

Compran por unas monedas innecesarias el silencio del posadero: Bien vendida te vale por un mes, dice uno y le alcanza el arma. La calle con charcos lodosos y la plaza otra vez rigen, como el día, penumbras que no conocen.

El cartógrafo

Un hombre (que ha inferido más de un libro a la lengua castellana) descubre un día que su destino no es el de ser escritor. Pretende cerciorarse de ello; acude a la medicina y luego a la filosofía y finalmente a la reposada recolección y clasificación de lepidópteros. Acaso descubre también, otro día, que estos oficios o estos ocios le desagradan. Planea un conato último y finge la cartografía; nuestro hombre descubre cíclicamente cosas y ahora nota con asombro y con miedo que una carta (donde ha trazado con minuciosidad y delectación las costas de Islandia) es además de varias acumulaciones topográficas un poema, y nota, porque no ha perdido el sabor de las palabras, que ese poema no es del todo inadecuado.

El hombre sueña con denunciarlo a las prensas y mal que bien avizora alguna gloria, pero en un sueño entiende que su poema no le pertenece del todo y que su destino es más alto; al despertar comprende que ha olvidado, aunque algo grave le apriete el pecho, y le morigere la voz.

El poema en cuestión es cambiante como las costas de Islandia; pocos lo han leído, pero ninguno ha sabido historiarlo. Yo he bocetado al hombre que lo hizo, para disculparme un silencio insoluble como cera en el agua, y que ningún mapamundi puede quebrar, porque un momento –como el hombre y el poema y su lectura– es el mismo y uno solo a los ojos de Dios.

Blanco

Letargo de mutismos, pared en blanco. Todavía ella duerme, no amanece. La cal que se desconcha. Desconchada: en pasado desconchada, las huellas siempre del pasado. En presente letargos, liturgia: caminar hasta la puerta, atisbar por el agujero donde hubo un día cerradura. Creo que ya se despereza, la oigo pero no la miro
Tú así, arrodillado,
comienza ella pero no termina la frase, sólo la farfulla en duermevela. Así yo arrodillado qué, digo pero demoro lo mío en contestarle. La oigo. Acaso he sido brusco, puede que sea injusto, la atiendo, Dime, decías qué cosa, y ella ahora: Arrodillado parecías alguien que implorase, un peregrino en oración. No sé.
Bosteza, se acomoda
Ven, anda,
dice y palmea al lado suyo, sobre la sábana que no alcanza a cubrir el costado del colchón. Bajo la cama hay zapatos, cajas de metal, hay polvo. No sabe, ha dicho, no sé. Un gesto con las cejas, invitando, y otra vez
Ven, si igual no podemos salir, ya déjalo.

El consuelo

El mar y las cosas que reúne en torno a mí.

Las aguas, una fascinación antigua; suma vaga de eternidad y de prodigios.

La cubierta, una gaviota en las jarcias, un grito del vigía; América está aún lejos pero ya son otros los olores y otro el mundo.

No El Dorado, sino el Leteo es lo que quiero. He matado a un hombre y soy de algún modo un hombre muerto.

Todos lo son y eso me consuela.

Aquilea Abaton

Abaton es un epíteto: significa lo inaccesible. La etimología es vetusta, de seguro gloriosa, y se relaciona ambiguamente con las murallas de algún templo.

Aquilea es un trozo de tierra en el Ponto Euxino. La honra el sepulcro de Aquiles, rodeado de olivos que los pájaros respetan. Las noches son claras y aún hoy puede sentirse el canto de las lanzas y los escudos, y la grave mutilación de las segures, resonando en el bronce.

Dios es grande. Un hombre un día paseó junto al túmulo las ovejas de su padre. Por unas ofrendas que no había hecho –eso creyó– se le apareció Aquiles, en zarza ardiente. El resplandor lo cegó. Hubo luego muchos años, y muchos cantos en boca de aedos que lo gloriaban conoció el héroe, y bajo una luna feliz, satisfecho, devolvió la vista a un suplicante.

Pero lo despojó de la memoria. Viejo, agradecido, el que fue ciego consagró al hijo de Peleo (de su letra) la guerra de las ranas y de los ratones. Las páginas de su gratitud no se conservan, y para las de la historia, el hombre sigue ciego, ceremonioso y célebre, ajeno a la risa y ajeno al olvido, con un poco de sí repartido –y disuelto– entre todos.

Marea de marzo

Es la marea de marzo, dicen: La marea de marzo, la marea. Repetida una palabra cobra cuerpo, *marea*, pleamar. Dicen que trae cosas, ésta de marzo. La gente camina al anochecer por la costa; amanece repleta de huellas la playa, los ires y venires que de la ventana no se ven o muy poco, siluetas si acaso. Sombra marcada en la arena: pies descalzos, las huellas. De cuando en cuando alguno pega un grito y cuando me asomo ya no se lo ve, no hay nadie. Será que grita y desaparece, se oye y no se ve, se mira y no se toca. Tampoco a ella, carne intocable de marzo. O de quien husmea el mar,
Es la marea de marzo, ahora no,
dice y desaparece. Porque ella también se va a la costa. Me asomo a la ventana y la busco, no la veo. A cada rato, un vistazo al mar –al mar no, mentira: a la franja de arena donde los que buscan se afanan o disimulan ése su afán tan ansioso, allí donde se agachan y examinan, supongo, su fortuna o la suerte. Como yo que los miro, o que cuento los pies en la humedad de la playa, estelas sobre arena.
Pero no hay suerte para mí, no la veo. Será cuando se incorporan que gritan, se me ocurre. La espero. Si no hay milagro tendré que consolarla, tendré que decirle Quizá el año que viene, quizá –o Quizá no, tampoco–. Pero ya

esto no lo diré, nada más se me ocurre. No se dice nunca No hay milagro.

Es entonces que me parece oír su voz, no podré reconocerla si no se repite en el grito. *Ese* grito. Y no se repite, no hay segunda vez de lo mismo. Miro,

y vuelvo a mirar, me cercioro,

pero no hay nadie en la playa. Qué importa, yo la espero.

Pátinas

Otra vez amaneció lloviendo. Anochece ya y llueve de nuevo, agua escurrida, luz callada. Sobre el cristal de la cocina el agua se condensa despacio, opaco ahora en la ventana como cristal al ácido. Si lo rozaras con el dedo dejarías una huella, un surco limpio. ¿Puedo vendarte los ojos? Ven.

He aquí nuestro botín tan extraño, cucharas secándose sobre una rejilla de acero.

La madera en las cucharas luce el desgaste,

Mira, tócalas

que las hace propias. La madera está manchada, marcada. Las manchas parecieran también desgaste, cuerpo transcurrido, menos huella que lustre: paciencia. Cucharones de revolver marmitas, ollas con manchas que ya no salen. Hay algunas que están combadas, y me pregunto si de siempre o –como las manchas, la pátina– de a pocos. La vendedora las había dispuesto esta mañana sobre un paño morado, el paño sobre el césped. Apenas una muchacha, no llegaría seguro a los veinte; te miró y dijo en seguida como si te conociera

Inclínate,

un gesto como decir Mira y que bien podría serlo, de amiga tuya o hermana menor, alguien con quien se tienen a menudo confidencias.

Sí, dáte la vuelta. Así.

Sentada allí, con las piernas cruzadas, la chica parecía jugar o esperar a alguien jugando, las piezas de madera un pretexto —como quien pide una botella de agua en un café y hace resbalar la copa sobre el mármol, o esparce con los dedos una gota. Compramos varias, una docena. O compraste tú, entre ustedes el trato: te inclinaste, te arrodillaste luego sobre el césped. Había comenzado a lloviznar de nuevo, lleva así todo el día: Día de barro, rumia uno que pasa. De lluvia, pienso. De barro.

A un lado, de pie —el trato vuestro— las veía mirar y elegir, rozar el mango o la pala de madera, rozarse los dedos. Tu espalda y algún atisbo del pecho de la vendedora, una blusa blanca con botones de hueso. Elegir. Piel entrevista, la tela húmeda. La tersura es similar al desgaste, tu espalda casi de niña

tu espalda que se comba, su lustre,

tiene más de transcurso que de marca, pátina de adentro. Paciente. Ya en casa, frotar la madera, lavarla, disponerlas sobre la rejilla de acero, a que sequen. Más de transcurso que de origen: poros, respiración, pelusilla invisible de la espalda. Inclínate.

Primavera

Ahora sólo veo un libro, medio libro, esta línea. Antes, en el sueño, estaba todo o casi todo y estaba, sobre todo, la consciencia de tenerlo (de tenerlo entero).

La explicación es que debemos por primera vez primavera a algo en la primavera, a algo allí dentro o lo que es lo mismo allá afuera, y que eso cualquiera puede verlo y leerlo (esta línea) aunque no calcularlo. La explicación es ninguna, farfulla ella entre sueños, Duérmete de una vez, ven.

El amolador

Subir escaleras, bajar escaleras. Los temibles arribos. Alguien que allá abajo o allá arriba espera, y quién no: el ascenso baldío, la ciudad de escaleras negras.

Jardín sin compás ni celo

Ni trampa, todo hueco, un agujero;

es así como canta el amolador de tijeras. Se anuncia a sí mismo, canta luego el estribillo. De algunas casas le traen cuchillos. En otras cierran las ventanas, atisban por las rendijas. Yo atisbo. La rueda saca chispas, zumba con los metales. Amola y canta, el zumbido acompaña; va remontando la calle. Qué acentos pactará, qué escalas ya en lengua que no entiendo

Jardín sin compás ni celo

Todo hueco, un agujero,

y que prefiero no escuchar. Igual escucho. Sonidos, ruidos sin nombre de la tarde, lontananza de rumores. Lontananza que medra en susurros, cercanías:

Ya vuelve el amolador,

me dicen. A cerrar las ventanas. Vuelve solo, ya no canta. Atisbo. Sólo un candil para bajar las escaleras, luz que amenaza apagarse. Los escalones, el zumbido que acompaña. Luego la calle, el candil ya inútil.

II

Sucesivas

Perfiles. Los perfiles de una isla demasiado conocida, donde figuran como en un sueño los colores del abismo. Donde el sueño vuelto eco cabe a su final vencido o ganado, si se quiere, a la sombra que dijéramos.

Un giro, también un giro o una vuelta de tuerca: una torsión de las palabras que no saben apostar en firme, sin miedo, sin titubeo a su ruleta.

–A que es rusa la ruleta esa, me la juego,

Seguro, sí. Y además el reverendo Sachs, toda esa sal oscura de la costa. El reverendo Sachs sobrevenido fantasma o arpillera: un paisaje de vértigo, de sucesivos vértigos y sucesivas decapitaciones y sucesivas coordenadas en ángulos sucesivos, etcétera,

–Etcétera, sí: toda esa sal vencida,

Valva y cerrazón, entonces. A Lucette no le vienen cuentas de su propio malestar y por eso cierra, dice, las ventanas a cualquier cosa que huela a calle, a contar qué, a tener que decir aquello sobre lo que a fin de cuentas no hay nada que decir. Ni que hacer.

Luego, sensación de volver a casa, de ánima que regresa al cuerpo. Reposo y claridad también, una claridad que no quiero perder, que necesito nítida aunque sea de lejos.

Mirar de lejos

Mirar lejos, mirar de lejos; entre ambos extremos se esconde un placer casi siempre dormido o inconfeso, de sosegada demasía. Mira de lejos quien atisba, apostilla Serraud en uno de sus textos dispersos.

No se trata de espiar ni de contemplar –uno y otro verbos modernos, sesgado de oficio el primero, el segundo de estética– sino de algo anterior, a medias entre acecho y vislumbre: mira lejos quien atisba o divisa *allá*, en el paisaje entrevisto, alguna cosa; acecha quien espera y sigue luego, acompaña, con la vista a su objeto, su presa. Acecha el fotógrafo, y dispone sobre la mesa los lentes, y deja en la bolsa el 50 mm y sostiene con la mano izquierda el tele, que reduce la visión a su punto de atisbo, sin panorama, y la acerca. Mira de lejos quien deambula por una ciudad desconocida y prestada por horas, y otea sobre las plazas o la gente como quien en verdad se sabe o está de paso, un préstamo de tiempo o presencia –y mirará ése a los otros como no lo haría donde vive y permanece la mayor parte del tiempo, se mira sesgadamente en las ciudades que vivimos, nadie tan ajeno como el vecino con quien no hemos cruzado aún palabra, que quizá espíe por su ventana y nos siga cuando nos movemos por casa, ya sin sesgo y cómodo, mirar sin ser visto es, como se sabe, la mayor ventaja de mirar de lejos–. Porque no siempre (y no sé si la idea está también en alguna parte en Serraud) la presencia o el tiempo son nuestros y están a la mano y bien mirado es suerte ésa, a mano la presencia deviene entorno o vecindad, mermada cercanía. Mira –mira en fortuna– de lejos quien desanda extraño las calles de una ciudad también ajena, y camina sin hábitos; y aun quien lo vea o siga lo ve o sigue así, basta a veces el objeto de la mirada tanto como el ojo que mira y el forastero anuda en sus tornas la visión del vecino, no hay como mirar de lejos a los que no son de aquí y se apelotonan frente a la iglesia y suben despacio por las calles del centro, ajenos, hablando casi siempre alguna lengua que no entendemos, también la mirada que los sigue vuelta por contigüidad extraña, y mejor por eso que la del vecino taciturno o poco efusivo, o la de la muchacha nueva en el edificio y que siempre sonríe, Buenas tardes, y Buenas, que tienen la poca ventaja de la contigüidad, pero ésta de ahora la de puerta con puerta, *the girl next door*, el ruido de la ducha día por medio tras la pared medianera.

Sombra larga

La cuestión de la perspectiva. La tremenda cuestión de la perspectiva. O algo así. En cualquier caso, una cuestión desdibujada por el sueño. La cuestión o el problema de la sombra, alargada como los contornos de una isla demasiado conocida. Mangle y cetrería, mangle y cayería donde figuren, como en un sueño, los colores del abismo. Algo así escribía Serraud poco antes de abandonar, despedida sin vuelta la suya, para siempre la isla.

Su sombra es larga, reza una frase que declara influencias de mucho alcance: la relación de un pasado –de algo pasado, acontecido o transcurrido en pasado– con el presente, de un poeta con sus sucedáneos, de un muerto con los vivos. De lo que nunca pensamos posible en quien amamos, lo que nunca debió pasar. De una guerra con sus sobrevivientes, cosas por el estilo.

El posesivo casi siempre alude a lo que no se puede nombrar.

Ejercicio de alcance sordo, el suyo, que superpone –o más bien que solapa, hace encajar una en la otra– la permanencia de lo que sigue presente y la porosidad, la permeabilidad de todo aquello que quepa o quede a cubierto bajo manto tan amplio.

El 11 de agosto de 1972, poco antes de su partida definitiva de Cuba, Serraud escribía en su diario:

> Alargada es la sombra que promete o cumple sometimientos, que pone en escena –como Murnau a Nosferatu: sin mostrarlo del todo, escamoteándolo– el espectro de un duelo presente o por llevar. De un duelo inconfesable, teñido a veces por omisión y a veces por exceso de un dolor que no puede mostrarse pero a cambio sí prometerse, pero sí –bajo esa larga sombra– aparecer como si hubiera sido nombrado, figurarse.

Aunque no explícita, esa alargada sombra suele acotar terrenos en los que de alguna manera velada, sobre los que de algún modo tácito campa lo sórdido. Lo sombrío.

Hay unas cuantas novelas que con mayor o menor suerte llevan en el título la frase, pero no he leído ninguna.

Cuando Serraud dejó La Habana sabía bien que no iba a regresar. Pero eso no importa ahora, como tampoco importan ahora lo biográfico ni las sombras, de otra índole aquellas, que han ocultado durante décadas su obra ni las que ahora la desempolvan (otro ocultamiento, un ninguneo distinto) en la academia. Cuando el cine estaba todavía inventándose a sí mismo, hizo de la sombra –de sombras alargadas, siluetas chinescas, sombras chinas– un vehículo del horror que no se puede mostrar. Es gesto expresionista ése y como bien advertía Serraud entonces los brazos, las garras de Nosferatu no son más que la exacerbación de su sombra, su prolongación por otros medios.

Esa exacerbación es pareja o proporcional al horror que esa representación sucedánea vendría a ahorrarnos.

Una sombra que si fuera la del día sería la de un día de invierno al final de la tarde, pero que cabe suponer de una bujía proclive a la deformación o al kitsch. Toda la propaganda de guerra que ha usado luego el motivo de la sombra que se cierne y amenaza para figurar al enemigo, o lo que es lo mismo, para prevenir sobre el Mal –esto es: aquello de lo que debemos cuidarnos, de lo que hay que hacer tenteallá con ajo y crucifijo o si se tercia con hoces y martillos o svásticas– se ha disculpado a sí misma la cuestión del ridículo, se ha ahorrado condescendiente la cuestión del ridículo para poner el acento en esa urgencia de peligro, en el aviso de ignominia que proclama aquella sombra china que se cierne sobre su interlocutor. Que se cierne sobre la probable víctima en cambio, virtud de la sombra aspaventada, ahora sobre aviso.

Una urgencia, claro, que elude mostrar aquello de lo que previene. Sombra larga del lobo sin lobo.

Estampitas

Estampas, espanto, estampida. O sin estampidas, no hay cómo: cuando hay rehenes, por lo común no suele haber cómo. Hay eso, el pobre imbécil, el rehén –el negro imbécil y el arma y el rehén y el llanto, nada más–, y hay miedo. Lo único que es de todos, el miedo. O por los rehenes o por uno mismo, el llanto –quiero decir, el miedo.

Estampas, a esta isla le han gustado siempre las estampitas. La viñeta, la postalita, la estampa en el santoral. Tanto que devino una toda ella: estampita, viñetita, infiernillo del hijoputa. O no, infierno, el mal que es legión y lleva mayúsculas. O no sé: las mayúsculas presuponen o impostan el sentido, y de eso aquí falta, o faltó siempre. También de eso, o sobre todo. De la estampita, en cambio, no. Más bien queda de sobra, la estampita vehemente. La anécdota, imbécil con metralleta, o del todo imbécil con metralleta en ciernes,

¿Cuál tú quieres? A ver, dime,

diría eso, supongo, en la lengua que ya no es la que fue –tampoco la lengua– el de marras –esto es, el imbécil–. Este que digo, los dos, llevan metralleta. A los imbéciles, entendámoslos, les hace ilusión, la metralleta. Se la limpia –algo limpio, que ya es algo en la islita purulenta– e intimida –ya es algo; si lo demás no, pues el miedo–.

Eso es algo. Lo demás es pegajoso y apesta. A azufre y a humedad. La identidad nacional, qué enternecedor. Si el pecho me retumba y todo, bum bum trac.

La estampita –¿también?– del retumbante pecho.

Las dos, esto es, las otras (y en paz el pecho percusivo) ahora vienen. La primera, con el narrador quince años: Lola, jolongo, despedida, escuela al campo (*al* campo: que cuenta la preposición, no hay que perderlo de vista; el *al* cuenta, como cuenta todo lo otro). Y lo otro; Pinar del Río, el agüita sin yodo. Eso, el agüita digamos carente, produce anormales. Anormales, sí, eso mismo. Lo dicho. La chusma entusiasta. Entronque de Piloto, se llamaba el sitio. El tabaco, la fila, el (un) comandante, el sueño del barracón es el uniforme. El sueño nacional ¿o era el barracón, identidades?

Qué más da. Un guía, el guajiro guía. Oh.

El guajiro guía está contento, qué contento el guajiro, qué tendrá la princesa. Está contento, dice, porque va a viajar en avión, *en avión*, va a ir a Angola. El guajiro guía tendrá veinte. Sin eufemismos, vamos a ver: sin eufemismos, ninguno. Anormal quiere decir un cromosoma de más en el par veintiuno, el agüita carente y el ojito achinado. Como el del negro imbécil de aquel día, ya dijimos, con metralleta. La del guajiro es en ciernes, tan contento. El cromosoma mal puesto, el cerebro enfermo. La otra estampita.

La otra: camino con mi madre por calles que ya no conozco (el adverbio, ahora, el *ya*). La Calzada del Diez de Octubre, qué poético, la luz tan relevante que le hace paredes al polvito. Polvo somos y seremos o serán, mejor hundirse en el mar, fango y hedores. Y aparece, oh, el camioncito de CEPSA, dejemos que hable el de la metralleta (allí, en cambio, sólo hablan el hijoputa y los acólitos de la metralleta):

Este, yo, cuidao, que se me escapa el tiro… Que nadie se mueva. Esperarse, esperarse

dice el pobre imbécil, los uniformes que tanto gustan, la metralleta. Lo dice y ríe. El camión que lleva, dizque, el dinero, el dinero (eso hay que oírlo, *El dineo*, más o menos por ponerse transcriptivo, los anormales no articulan). Mi madre me detiene y llora. Mi madre (¿harán falta las cursivas?) llora. El imbécil esgrime la metralleta. Todo se detiene, uno, cuatro, diez minutos. Durante ese tiempo, mi madre llora. Los dientes del negro imbécil relucen, qué contraste tan fotogénico. Hay quien espera paciente, aprovecha el alto y fuma. Qué bonito. Y la metralleta, ni qué decir. Algo limpio –reluciente– en la islita que supura, la metralleta. Una foto estupenda. Lo que no se corroe ni transpira ni se despega en la isla de las emanaciones de azufre. Tan brillantes los metales, qué relumbre… Pero mi madre, en fin, mi madre hay que verla cómo llora.

Luego, porque todo pasa –¿todo pasa?– se lo cuenta ya en casa a mi abuela. Sí, todo pasa y todo viene, tan callando. Callandito. Mi abuela, que está en una silla de ruedas, que chista y dice algo que primero no entiendo, Hoy vendrán a fumigar, ya la tercera vez en la semana. Hay que esconder las flores y encerrar los perros y a la tortuga, a mi abuela le molesta todo esto pero mi abuela no llora: gracias, Aya. La llevo donde me pida, pero mejor no al portal,

Mejor no verlo,

dice, Vienen hoy los fumigadores, hoy vienen.

Tan fotogénico, en serio, tanto, el pobre negro imbécil sobre el estribo del camioncito que se aleja. O el fumigador que retumba en la puerta, bum bum trac. O el del par veintiuno. Haciendo su trabajo. Y las paredes de mugre y polvo sobre la luz de ceniza, la —se dijo— demasiada luz y el polvo rutilante. Mi madre, sin cursivas, que se enjuga las lágrimas, porque yo no la vea. Imagínate, dice: Figúrate.

Ella articula bien, aun si llora.

Guido

Ayer por la mañana estuvo en casa una amiga mía, su nombre no importa. Los nombres sí importan, los nombres sí cuentan como cuenta el rostro o la huella de un dedo, no hay ninguna a otra idéntica; *de quantos omnes en el mundo son, non ha uno que semeje a otro en la cara*, así escribió una vez Don Juan Manuel el Infante. Y qué importa qué dijera, el caso es que los nombres sí cuentan pero hay que callarlos como todo se calla y sabe cuando hay por medio rehenes, cuando allá hay gente con nombre, como una niña de ocho años que no puede salir con su madre de Cuba porque su padre es un desertor, ésa es la palabra que usó la mujer de uniforme que increpaba y disponía, qué triste poder el de disponer e increpar, *desertor*, Usted puede viajar porque se divorció de su marido hace años, pero sigue siendo el padre de la niña, ella es la hija —así dijo— de un desertor, ella se queda. Qué importa que la madre llorara o intentara a pesar de todo ser amable, Por favor, por favor. Sí importa. Sí cuenta, pero hay rehenes.

Ayer estuvo en casa mi amiga, regresé hace unos días de La Habana y traje cartas, vino a por las suyas. Casi nunca nos vemos donde ahora vivimos, el poco tiempo, otras cercanías. No importa, o sí. Hablamos. Quería saber, me dijo, Cuéntame. Evité detalles, creo, qué sentido tiene la anécdota más o menos trivial, del horror hay poco que pueda verdaderamente ser dicho. Quería saber de un amigo común, su nombre puedo decirlo ahora porque él ya no está –ayer, para nosotros entonces, aún estaba, allá–. Más amigo suyo que mío, para ella amigo de siempre y cercano, para mí y la que era entonces mi mujer amigo suyo o del que era entonces su pareja –sin nombres–, él sí para nosotros cercano y amigo de siempre. Cuéntame de Guido, me pidió, y como para nosotros entonces estaba, evité también los detalles.

Conté, mal o bien y sin detalles, conté lo que sabía y lo que vi –los escatimé más, los detalles, en lo que vi–. Me lo encontré a él al día siguiente de estar allá, yo iba a que la mujer de uniforme que increpaba pusiera en mi pasaporte un sello. Nos cruzamos en Santa Catalina, yo subía, él bajaba con su madre, una señora mayor. Fui a abrazarlo, nos conocemos de años, él se echó atrás y saludó, rígido. No le conté a mi amiga que tenía la cara golpeada, moretones. Sólo habló monosílabos, Sí, Cómo estás, Bien, Qué estás haciendo, Nada, Qué pasó, Bien, me caí, Estoy aquí hasta el 25, nos vemos en estos días, Sí. Lo único que preguntó era si había visto ya a nuestro amigo común, aquel que fue hace años pareja de mi amiga. No, no lo había visto, él el primero de amigos y conocidos a quien veía, ya nos veríamos. Sí, me dijo. No nos vimos más, Guido y yo. Esa mañana fui a donde iba, a recibir el sello de la mujer que imprecaba; esa misma noche vi a nuestro amigo. Entonces fui yo quien preguntó, Cuéntame, lo pregunté antes de verlo, por teléfono, esa tarde. Te cuento en casa, ¿me explico? Y entendí, sobre todo lo callado como todo lo que se calla y sabe cuando hay miedo y también uno puede –pudiera– ser un rehén.

Me contó. No sé si por las mismas razones que yo ayer, pero noté que escatimó detalles. De hecho, no hubo detalles. Guido era médico, oncólogo, se había especializado en el cáncer de mama. Cuando lo conocí, hacía poco tiempo que había regresado de Francia, una beca. Nos conocimos en casa del amigo que ahora debía contar, Cuéntame. Entonces, hace casi diez años, algo menos, ocho, nos veíamos a menudo en su casa. Fue así durante unos años, hasta el verano del 97. No sé si decir de alguien que es bueno diga en verdad alguna cosa, él lo era, Guido. Noble, se diría en La Habana. Estuvimos juntos en varios sitios, algún bar, un concierto. En el hospital, alguna vez atendió a una amiga. La dulce Francia, bromeaba a veces. Le gustaba Marguerite Yourcenar y bromeábamos con eso, a mí no me gusta. Era mayor que nosotros y la que era entonces mi mujer y él siempre jugaban con la edad, Guido se reía. Cuando mi amigo que hace unos días me contaba se casó de nuevo, él fue uno de los testigos de la boda. Recuerdo fotos de esa fiesta: Guido sentado junto al piano, en la ventana, la sonrisa ésa de las fotos. Una risa limpia, si eso quiere decir algo, sana. Una risa buena. Dejamos de verlo en el 97, cuando nos fuimos de Cuba.

Ahora esperaba que mi amigo contara –en casa, no por teléfono– y contó. Sin detalles, se escatiman siempre por lo que pueda doler, supongo. El año pasado Guido viajó a Venezuela. No sé bien, un congreso médico, algo así. Nadie sabe a ciencia cierta qué pasó, me cuenta. Algo pasó. Con la vuelta. Que perdió el avión, el billete, el vuelo se retrasó o pospuso unos días, algo pasaría (ayer mi amiga me contaba que Guido la había llamado desde Caracas, que no quería volver a Cuba; después no supo más).

Y no sé qué detalles se guardó mi amigo, qué sabría o qué no. O qué pudo Guido contar o callar a su vuelta, tendría miedo. En fin, algo pasó, con la vuelta. Parece ser que el padre estaba enfermo y empeoró entonces. A ciencia cierta, no lo sé. Guido volvió. Cuando regresó ya no era médico, ya no era oncólogo, ya no era especialista en cáncer de mama sino un desertor. El padre murió al poco tiempo. Habrá tenido que dar explicaciones, habrá pedido Por favor, por favor. No lo sé, no hubo detalles, me imagino que por la misma razón que no hay nombres aquí. Estuvo ingresado varias veces bajo tratamiento psiquiátrico. La palabra que usó mi amigo fue *ido*, Está mal, está ido, por eso los monosílabos. No quería hablar, me contó. O no podía. Hablamos de cómo ayudarlo, sacarlo de eso que fuera, depresión crónica al decir de los médicos. A los pocos días lo internaron en el pabellón psiquiátrico de la Quinta Dependiente.

Alguien me aconsejó no ir a verlo, Lo puedes perjudicar, me dijeron, tú vives fuera. Perjudicar. No fui. Hablábamos ayer con mi amiga de cómo ayudarlo, sacarlo –sacarlo de allí, más que de, según los médicos, la depresión–. Acompañé a mi amiga a tomar el autobús, regresé a casa, un montón de cosas pendientes como siempre que uno abandona su vida y viaja. Al rato me llamó, estaba aún en el autobús. Lloraba. Había llamado a La Habana, a casa de Guido. No había nadie, llamó entonces a una vecina. Se escapó, fue la palabra que usaron para contarle, escaparse, del hospital el viernes, fue a la playa parece, apareció luego ahogado. Se murió, se mató, lo mataron, no lo sé. Ya no está, que es la razón por la que ahora puedo usar su nombre. Y ya, más nada. Trata de estar bien, no hay nada que podamos hacer, le dije torpe ayer a mi amiga que lloraba. Lo mismo me dijo a mí la que era entonces mi mujer al teléfono, Qué podemos hacer ya, cálmate, y anoche yo a ella abrazándola sin querer le dije lo mismo, porque no supe responder de otro modo lo que me preguntaba llorando, Qué le tienen que haber hecho, Dios mío, para que Guido se matara. Nada que decir, nada que hacer. No quiero imaginar detalles. Nada, ceguera. Solamente usar su nombre, que es el de una persona, no el de un personaje de ficción, y firmar con el mío.

Augures

Sueño que estoy en la playa, pero resulta que esta playa mía –por cuestión seguro del sueño– consigue entreverar en un solo paisaje los acantilados de Hydra y el olor aquél a uva caleta de Guanabo, importa sobre todo que sea un olor de cuando éramos niños. Como parece que sobrara sitio allí para más, quiero decir allí en el paisaje del sueño, pues de hecho lo había, más sitio: siempre que cabe un poco más de algo en un sueño termina por haber más de eso que falta, se vuelve enseguida carencia, y era entonces un confuso no sé qué de Vilanova i la Geltrú, pero quizá haya sido efecto de la arena y eso me lo dije luego despierto, demasiadas las presencias para un único sitio. La arena, en cambio, ¿qué podrá decirse de la arena? La arena termina en todas partes por parecer la misma, y yo anoche estaba y no estaba en el sueño. O en la playa. Repaso un periódico y me tumbo a ratos al sol, trato de pasar desapercibido. Por momentos, no obstante, no estoy allí –no hay sol entonces y leo al abrigo de una casa, aunque sea el mismo el periódico–. ¿Qué periódico? La verdad es que en estos tiempos que corren que haya sido uno u otro tampoco es que quite ni ponga mucho, da igual. Un periódico cualquiera, un diario de páginas grandes, con muchísimas fotos a color y algunas páginas en sepia o de color salmón, depende cómo se mire, en una tarde cualquiera de verano, cuando todo el mundo se tiende al sol como si no hubiera más nada que hacer.

    Justo en el momento que paso las páginas color salmón es que aparecen las augures, es ahí que llegan: llegan en dos camionetas blancas y el conductor, que pareciera ser el mismo en las dos, las ayuda a desmontar a todas, una a una. A veces comenta o le susurra algo a alguna, que da lo mismo la que sea, lo que diga, porque siempre todas las chicas asienten con la cabeza y no dicen nada. Como si ya supieran el versito. No sé cuánto tiempo haya tomado aquello porque estuve toda la noche soñando lo mismo. Sé en el sueño, eso sí, y lo sé con certeza completa, que son las augures y que el momento preciso de su arribo cuenta mucho, es relevante del todo para alguna cosa –¿cuál?– que ya se me pierde. Pero esa cosa o asunto o affaire, el que fuere, es lo que me hace seguirlas. Vuelvo. Todas las chicas llevan faldas largas y la mayoría va desnuda de la cintura hacia arriba. El chofer gasta maneras de chulo o de patrón de patera; que sus pupilas no hablen español ayuda a lo segundo, de dónde serán. El hombre va desmontando sombrillas y cada una de las chicas toma la suya. Se reagrupan un momento y luego avanzan por la arena en parejas, una fila absurdamente larga que pareciera primero una procesión pero que poco a poco se va espaciando, las chicas van tomando distancia entre sí y caminan sin ninguna dificultad ahora, avanzan como si se desplazaran sobre la arena y no con esa aplicación o esfuerzo que supone siempre caminar en la playa, los pies que se hunden o se traban al andar sobre arena.

Sobre todo: me percato ahora de que no soy el único que ha venido por esto. También, con esa certeza absoluta de los sueños, me doy cuenta de repente de que estoy aquí para escuchar un vaticinio, para qué otra cosa si no, y me doy cuenta además (pero no me sorprende) de que era por eso que me escondía antes, también eso lo sé, sabio en el sueño: reconozco de lejos a algún que otro conocido, a pesar de sombreros extemporáneos y de todos esos periódicos previsibles u obligados que fungen de parapeto o refugio. Dejo el mío en una papelera, me levanto. Hay algo liberador en esa renuncia, y algo así recuerdo haber sentido o pensado en el sueño. De pronto una amiga se asoma detrás de un pino y me saluda, pero enseguida se enmienda o corrige con una seña, un gesto como de quien estuviera en falta (algo complicado pero de sentido preciso, admonitorio, De esto a nadie, o mejor: Si te he visto no me acuerdo).

Vale, habrá que ser discreto, y sabré serlo yo, me prometo eso mismo como quien sella un pacto: De esto a nadie, ni palabra, aquí no ha pasado nada, cual tumba ciega y sorda y muda, etcétera.

Comienzo entonces a caminar sin rumbo y me doy cuenta mientras camino de que ya no puedo echarme atrás. No quiero echarme atrás, pero aun cuando quisiera no podría, o lo menos no creo que pudiera y me convenzo yo mismo de eso. Avanzo. Los pies de las muchachas, y en eso me fijo como por casualidad primero y una vez que lo he descubierto no consigo levantar la vista de los agujeros, dejan huellas imposibles: huellas húmedas y demasiado profundas sobre la arena seca —sí, en la arena caliente de la primera línea de pinos— pero eso es algo que no parece espantar a ninguno, o que no nota nadie. Trato de no ser obvio y paso de largo, como si no fuera conmigo la cosa, junto a las dos chicas que me han quedado más cerca (se han dispersado en unos pocos minutos y por un momento, en ese momento, me pregunto cómo lo han hecho). Éstas que dejo atrás ya se han desvestido del todo y esperan, arrodilladas las dos, a su primer consultante, que no seré yo. Cuando estoy más cerca las oigo conversar y mientras me alejo y se va desvaneciendo el sonido me doy cuenta de que la lengua que hablaban no me había resultado ajena del todo. Que sonaba como griego o algún dialecto o variante suya que por supuesto no reconozco, pero eso es repentino, como un asombro muy breve, un soplo. Esto sí quitaría o pondría (no como la cabecera del periódico), pero qué le vamos a hacer, porque no me acuerdo, o acaso porque no hubo más que eso, un atisbo. Sólo quedó eso de haberlo pensado así entonces, escuchándolas de soslayo: que sonaba como a griego, pero nada más. Una interferencia en el sueño, quizá.

Las mías, o las que he decidido que lo sean, están arrodilladas mucho más lejos, en un recodo de la costa. Son muy parecidas, tanto que podrían ser hermanas, aunque salvo por el físico no lo parezcan; no se hablan casi ni se toman confianzas, y se miran cuando se miran como personas que no se conocen o a las que acabara de presentar un tercero. El último tramo se hace casi solo, como si no caminara o las distancias se trastocaran hasta casi anularse, y ya estoy ante ellas y ahora me arrodillo también yo, me hinco de rodillas en la arena y tiendo la mano. Debo haberme equivocado porque una, la más alta, niega con la cabeza y me señala, por alguna razón que ignoro pero que enseguida entiendo, a la otra: *es* con la otra lo mío, no con ella. La otra toma, ahora sí, mi mano extendida y cerrada y la vuelve con la suya y la abre; la palma hacia arriba y algo hacia abajo, los dedos apuntando al suelo (la posición, si no se está acostumbrado, resulta algo incómoda). Pero no lee la palma de mi mano, sino la muñeca: pasa los dedos como un ciego que estuviera leyendo braille y musita palabras que no comprendo. Por un instante, parece –me parece a mí, entonces– que hubiera encontrado lo que busca (mira de reojo a su compañera y sonríe, un gesto mínimo), pero luego continúa, así como si nada. Y así todavía por un rato. La más alta sigue con la mirada perdida, tiene los ojos de un verde intenso y en todo ese tiempo –¿cuánto?– parpadea sólo dos o tres veces. Parpadea rápido, como si le hubieran pedido tomarle una foto donde no debe bajo ningún concepto moverse y aprovechara ese segundo anterior a la foto para refrescarse los ojos.

Antes de devolvérmela, la chica me cierra la mano y la vuelve hacia arriba, un puño. Me sonríe mientras niega con la cabeza –algo así como decir No, despreócupate, tú tranquilo, o mejor: No, tú no. No hay más, ni vaticinio ni pronóstico, ninguna cosa que escuchar, pero tampoco echo de menos yo que lo haya. No hay nada ahora sino viento. Me levanto. La de los ojos verdes, pues tampoco, está ella en lo suyo. Absorta. Me alejo. Ya está hecho, me digo, y camino sin saber bien por qué sin volverme hasta ya no verlas (a las mías: las otras siguen desperdigadas por toda la playa) y cuando me he alejado lo suficiente me tumbo al sol como antes. Me tumbo bocarriba, cerca del agua. Al principio el sol quema pero al cabo de una hora o dos empieza a atardecer o a nublarse (no llevo reloj) y decido que ya está bien por hoy. Recojo algunas cosas y camino hacia la carretera, la arena está toda llena de huellas, como si la carcomieran esas huellas profundas que más que pisadas sobre arena parecen agujeros o cráteres, y es curioso, me recuerdo pensando eso, la palabra misma, cráter. De pronto me topo con mi amiga, que ahora sí aparte de saludarme me reconoce con aspavientos varios y se acerca, habla frivolidades y se ríe todo el rato con una risa que me parece, no puedo evitarlo, impostada. Ninguno de los dos, por supuesto, menciona nada de lo que no deba (de hecho, hacemos los dos como si nos hubiéramos encontrado recién y de ningún modo antes, no existe la víspera y todo pareciera transcurrir en presente). Ya casi me despido cuando me fijo en un círculo azul o más bien un anillo o un aro, algo como una O incisa en su muñeca izquierda, un punto grueso y que parece de porcelana (brilla); como una marca o tatuaje, pero a relieve. De todos modos hago como el que no ha visto nada, me despido por fin y corto camino entre los pinos, buscando la carretera. Más que a pinar, huele a salitre. Más que a pinos huele a mar. La arena se ha ido veteando de césped, y ahora caminar sale más fácil. En mi muñeca —aunque parezca absurdo me la he revisado bien, frotándola con el pulgar— no hay nada, está limpia. Estoy limpio, me digo.

    Las dos camionetas blancas siguen en el arcén, y el chofer o chulo o lo que sea que fuere ayuda a subir a alguna de las chicas, ya de vuelta. Negocia algo con un hombre en un coche rojo, y de lejos me parece distinguir billetes y la dilación de quien compra o elige. Hay más coches.

Qué cosa estarán esperando, me pregunto y me contesto yo mismo. El del coche rojo al fin se decide por una, si de eso se trata, si se trata de decidir o escoger o preferir a una de entre tantas, y se la lleva con él. Las otras los siguen con la vista, pero no como una despedida sino con algo de desgana o algo que incluso podría ser compasión. Yo los miro pasar delante mío y los veo alejarse luego mientras cruzo despacio la calle, ya casi es de noche y ha comenzado a caer una llovizna fina, sin pausa, por qué son tan nítidas –me da tiempo a preguntarme– las gotas ante la luz de los faros.

Custos rotalorum

Como siempre –o casi– amontonaba los sobres, con algo de orgullo. Había mucho de desidia o pereza, pero no menos del placer de sentirse llamado, correspondido o aludido, a qué sino a eso apelaba la palabra misma, *correspondencia,* a una reciprocidad entre interlocutores atentos (a pesar de la carta administrativa o del memo, de las cartas formulares y de modelos epistolares o una postal de cumplido); sorteaba, no de suertes sino de obstáculo vencido, los grupos de sobres en el camino del piso. Ni daba para tanto, tampoco, no tenía muchos correspondientes Lorenzo, los mismos amigos –o casi– más o menos dispersos, los mismos de siempre.

Pero qué bien, en cambio, venían a suma los avisos, relatos o simplemente acuses de recibo, la prestancia del correo y la suerte postal; en la casa de Carla sumaba a desánimo de holganza, de estarse tumbado y dolce far niente la redacción de las cartas, que dejaba, también, reposar con sus sellos sobre papel de manila, preludio de excursión al Correo.

Carla, qué duda cabe, es nombre demasiado sonoro y poco menos romántico, que pareciera –por lo menos en Cuba– nombre de chilena –como Andrea o Camila o, hasta en rima, Jimena–; y cómo hacen y deshacen los nombres, hay que ver cómo bordan las identidades o las alejan o algún vislumbre regalan –aunque sea por ese deseo de fondo del que nombra, del padre o la madre o de los dos por acuñar a la hija, o a la prolongación de ellos mismos (más que a la hija, quien puede ser demasiado distante y que, casi seguro, los sobrevivirá en una vida que poco, o no mucho, les debe). No hay que pensar, tampoco, que revele en detalle un perfil de persona o un mundo de gustos, porque muchas veces es casual la imposición de los nombres y todo eso lo sumamos después, lo añadimos al nombre que pudo ser de la abuela o de un amigo del padre, o tal vez de una mujer que le gustó por un tiempo o de una amiga de la que nada sabremos, salvo, en intimidad de sobremesas, que dio razón para el nombre.

Siempre halaga pensar en la época en que nacimos nosotros, o en la de otros nacimientos –la de nacer al sexo o a la pretendida adultez– y todo otro tiempo se desdibuja en el aire, se empobrece o se disfraza de pobre en comparación con tan buenos jalones o tan anclada memoria. Y descorazona, también, seguirle el registro a los sitios o a los momentos del medio, a los no jalonados, los que sin marca transcurren o suceden sin énfasis, superpuestos uno sobre el otro (y ese anterior y de luego el de más); no hay pespunte que hacerle a esa costura de tiempos, de días o incluso semanas o meses (y con el tiempo, de años) que no saben contarse, que se resisten a ser la parte o los sitios en por ejemplo una carta, porque hay que precisarle los rasgos y hacerle un espacio al recuerdo, que sabemos vivido pero no tenemos presente, y no se nos hace visible como sí, sin embargo, anclada memoria, la de haber nacido al mundo o al sexo, o a un mundo de adultos.

Cuesta, pues, memoria a deriva o mera deriva, precisar en los rasgos de un día o en los rasgos de un mapa de días sucesivos, de tiempo transcurrido cuyo hilo se pierde, los que confluyan y ordenen y den forma al relato, cuesta decir el qué de lo que hemos hecho o vivido sin describir un ambiente o un estado del ánimo, un velo que a fin de cuentas protege u oculta nuestra indefensión de los hechos; relatar los hechos en marcas, en rasgos delineados del día que tuvieron es una de esas cosas que nunca alcanzamos, nos perdemos (sin contarnos ya en palabras perdidos, bastante extravío) en concatenar lo que no tiene un arreglo ni un verdadero sostén, los hechos se difuminan y van dejando paso al olvido –o a una memoria que más que recuerdo parece el olvido–, alimentado de hábitos más que de hechos, de reglas o probabilidades más que excepciones o cumplidos eventos.

Cuesta echar ancla, detenerse en el curso de días que se enrollan y pierden, cuesta mucho decir: *esta tarde* o acaso *esta noche*, por ejemplo, como escribir: la noche empezó con un trago, luego bailamos y encendimos las luces, luego alguien llamó por teléfono y eran amigos de Carla; Carla contestó y quiso precisar un encuentro, pero entonces se fue del salón y terminó tomando la llamada en su cuarto. La esperamos aquí, cada cual a su vena, intentando charlar.

Y no hay nada que hacer, porque en esa referencia tan puntual o literal de los hechos siempre sobran las marcas del tiempo –del luego, del entonces, de ahora– y no alcanzan asertos que establezcan o concreten (o deslinden) o expliquen el día: habrá poco del hecho, y de letra, poquísimo, no habrá qué agregar o quitar salvo el más o el menos de la fijación temporal, una batalla perdida.

Claro, pensó entonces Lorenzo (pero *entonces*, ahora, ya es lo de siempre), que esto mismo se puede poner o añadir a una carta, se puede escribir en la carta la imposibilidad de los hechos o de la narración de los hechos, convertir el intercambio de epístolas en una divagación sobre lo imposible de todo relato, o de formular un relato en cabal coherencia –precisa, anclada, como memoria de luz–; podemos dictar que estamos aquí, en Lima o Madrid o Alabama o en Zürich, en tal calle de alguna ciudad o que ayer estuvimos en tal –y describir el lugar–: junto a los tiempos y marcas (como ya precisamos) de hechos, el conjunto sería una carta posible, pero sólo posible una vez (porque *entonces*, ahora, sería ya el entonces de siempre).

Sin embargo, qué atiborrados buzones, oficinas –tragedia– de correos en domingo cerradas, y esos parásitos del intercambio postal, los filatélicos, y cuántas maneras de poner una carta –¿certificada o normal?– y los rostros –¿millones?– que en mil ciudades distintas llevan el bolso o el carrito o de cualquier forma los sobres, para ellos todas las puertas abiertas, no hay quien se resista al pregón tan sutil del cartero, como ninguno vocativo –el silbato y el nombre– o a un sobre cerrado que tal vez no leamos abierto, tal vez tiremos u olvidemos la carta o no respondamos, pero sí al hombre de gorra que anuncia su oficio como llave para acristalados vestíbulos, qué fácil decir «El cartero» y entrar, siempre alguien que abra la puerta de abajo, y entonces tal vez recorrer los pasillos, detenerse en las puertas, o más simplemente volverse y salir. Carla una vez le contó en una carta su escalofrío de pesadilla al despertarse en un sueño, de esos que soñamos en círculo, en los que uno despierta en el otro (aún el otro sueño): en el primero, llama alguien abajo proclamando su oficio –El cartero–, y por supuesto ella abre. Sueña otras cosas y luego soñará que despierta, que recuerda el pasaje anterior, baja a pesquisar su buzón y encuentra sola una nota, y esa nota contiene y explica el sueño anterior y también despertarse de veras, bajar uno tras otro la escalera y peldaños, rebuscar entre los folletos de siempre, pues en la nota leía *No fue el cartero, mi amor* (Carla acota: con otras palabras, y se notaba –¿por qué?– que la había escrito un tercero, y no el impostor que denuncia el anónimo, casi obsceno farsante). Y cuál sería más de temer, a cuál juego jugaban o quién jugaba con ella, y miren qué cosa, para contar alrededor de una carta en un sueño se escribe otra carta, se toma uno la molestia o goza del placer de guardarla en un sobre, llevarla a Correos, pagar una suma arbitraria por la nebulosa garantía de que sea recibida, pues bien lo sabemos: nadie que se resista a un sobre sellado, nadie que despida sin atenderlo al cartero.

Incluso así en una esquela (del relato de un sueño) comienzan las absurdas precisiones, abundan: antes o después, uno dentro el otro, caja china de la vigilia perdida y por eso imitada o aun más incluso, contenido el sueño en la carta y ésta en el día en que son relatados el uno y la otra, como por decir ayer que tomamos un trago y Carla recibe una llamada y decide contestarla en el cuarto, y luego al regreso a la sala nos cuenta (menos a mí que los otros) este asunto del cartero soñado, Tú probablemente conserves —se apoya en mí, eso es injusto— esa carta. Y por supuesto pensamos que quién la ha llamado, si será acaso el cartero, sea quien fuere por qué su memoria recuerda aquello arbitraria y no cualquier otra cosa, qué cuerda ha sido pulsada para que ella lo cuente o ya en plan suspicaz, que por qué las manos le tiemblan un poco más que como siempre tremulan.

Difícil contarlo, en una carta o de otro modo cualquiera, por ejemplo qué hacer con detalles como el temblor de las manos o que Carla beba con más prisa que antes, y aun probablemente no haya más que admitirlo, los hechos se ordenan y vuelven a lo mismo con fuerza, no hay sino verlos de vuelta para columbrarles una extraña presencia sin concierto ni orden, un no sé qué de confuso o evanescente o acaso trivial. Pero trivial de circunstancia, tan sólo, no de fondo o de esencia, no hay que olvidarse que del gesto más frívolo puede pender la suerte o acaso la vida, pues qué tejemos alrededor de nosotros, qué si no una red de frivolidades, de entretelones tan fútiles como necesarios y bien engrasados, porque de ellos depende lo otro, lo que no llamamos ni de broma lo eterno pero así lo sentimos (Que esto pueda sucederme a mí: se dice tan fácil e incluye al completo engranaje, al universo de lo trascendente y lo huero, de lo anodino y raigal, cada uno de los gestos y las consecuencias de ellos y las que pasaron o estén por venir); podemos malcontar esos ligeros sucesos, pero no su raíz ni tampoco su alcance o lugar, su monto o su costo cuando son desdichados —una frase mal dicha o un encuentro fallido o una falta de tacto—, pues esa ilación con el resto ya es tan difícil de significar o representar que se hace imposible, y aun de realizarse es ya otra la cosa, ya no es ni manera el percance trivial sino su hipérbole o más bien su ficción a lo grande, su escenificación a lo divino o así.

Y habrá que contar –mas cómo contarlo– la otra vuelta de tragos, más bien disgregada y no pedida al unísono, cada uno en el suyo distinto o casi de seguro distinto, cada cual por el suyo a la meseta de la cocina donde las botellas se apilan, imposible a esta hora que toque el cartero pero de todas formas qué cambiada está Carla, y por qué, imposible no pensar en la llamada y el *consiguiente* relato, y resulta ya que su historia y la conversación por teléfono van ligadas por ese vínculo tan curioso de la cercanía o la yuxtaposición en el otro contar –el que cuenta del suyo tras dejar el teléfono– y cómo entonces disociar una mención de la otra, cómo no encontrarle algún nexo o un hilo común. Y más, si es como el durmiente que despierta en el sueño, que sueña su vigilia sin rastro de irrealidades, traza ninguna ni huella; una muñeca rusa dentro de otra, eso es, caja china de vuelta pero ya en cambio visibles, aun sabiéndolas falsas o sin certeza evidente las puntadas del *por eso* o *por tanto* o *a causa*, y ya en una carta insoluble, quimérico no perderse en concatenar lo que no tiene ni arreglo ni sostén verdadero, pues se difuminan (como los rasgos de una cara en el sueño) los hechos y van dejando paso al olvido –o a una memoria que más que recuerdo parece el olvido–, y que no dejará nunca ver esos nexos o lo improbable y ficticio de ellos, una cosa o la otra, da igual; tampoco hay que insistir sobre mojado porque ya se verá.

Sobre las doce el cartero (o quien dijo serlo) llamó, y entonces uno a quien no conozco y que tomó el telefonillo hizo la broma previsible y como era también de esperar se asustó alguna amiga de Carla, o jugó a estar asustada con la voz y los gestos, un pequeño altercado sobre si abrirle o si no, y al final ojos puestos en Carla, no sólo porque estamos en su casa y esas cosas aún valen, sino sobre todo lo otro (el impostor de su sueño, el haberlo contado, la llamada anterior, las manos que ahora más todavía se le traban o tiemblan) y ella al fin zanjó la cuestión, pues sí, venga, que subiera, ¿que un telegrama?, veríamos.

Y seguro de ello, Lorenzo, que a esa espera no cabe correspondencia ninguna, ni forma de hacer sentir a otro aludido o de jugar a la reciprocidad de mensajes, a lo dicho y de reverso inefable: pues de eso se trata, cómo marcar en una carta el silencio de ahora, el cartero (o no el cartero) que sube, que demora más en la espera o la ansiedad que lo que pueda marcarse en la letra o en el tiempo medirse, imposible nombrarlo, al que siempre pregona su oficio para llave de todas las puertas, y el acecho de ahora (que es el vértigo de redondear la llamada de antes, las manos nerviosas de Carla, su sueño y el relato del sueño, el momento de hacerlo, esa suma de seguro inabarcable en un punto o lugar, una zona del tiempo o del mundo ya irremediablemente perdida).

Perdida, piensa o escribe o recuerda Lorenzo, como si ya nos hubiéramos muerto, y llevado a la tumba la memoria de algo, un mundo cada vez más mermado por la sustracción de su imagen, un deterioro imparable por un trabajo de hormigas. Un telegrama a esta hora puede o debe anunciar un percance, que es el eufemismo para una muerte cercana, y así se dice aun en el pésame, Nos enteramos que hubo en la familia un percance, vaya forma tan rara o sucedánea de mencionar el desgaste del mundo por la muerte de alguien, pero Carla teme o parece temer otra cosa, importarle el mensajero anunciado mucho más que el mensaje posible.

Y entonces dice alguien de bajar, cómo no lo pensamos primero, qué descuido o qué tontos, y Carla por supuesto se niega, que no, que Vamos a dejarnos de locura, señores, y lo esperamos arriba, tan tranquilos, al Señor de las Cartas o no, temblones, aguardamos al Otro tal vez, Señor de las Moscas.

Pero el estremecimiento o la pausa son breves (tanto como el absurdo motivo, mas no el de Carla, que sigue parpadeando muy a su pesar sobresaltos). Porque llega y es ya el timbre de arriba, aquí mismo en la puerta, y no hay ya sino abrir, verificar en la inocencia del rostro la del muchacho con gorra: Su telegrama, aquí está, me pudiera (y súbito cambio): ¿me puedes firmar el recibo? (dicho rápido y en la sonrisa insinuada la complicidad que no queremos, no gracias). Y qué fácil creer en su candidez o simpleza, si pudiera creerse esa sonrisa fingida, esa ya sin duda improbable franqueza, ved como sostiene la tablilla, con qué descaro nos miente; hay tan poco que oponerle a la sospecha, a nuestros barruntos de duda y la suspicacia he aquí que es recíproca, el muchacho ahora recula, deja en manos de Carla la tablilla de recibos, se aleja buscando –¿qué cosa?– la puerta del ascensor, pero ay, Pues no, no podemos dejarlo.

No. Imposible dejarlo, imposible también explicarle los motivos de la retención –no entendería, no entiende de hecho cuando esos dos lo agarran y él forcejea, que no tiene ni un duro (nos dice), que *secuestro* (dice ya dentro la casa), que qué pasa, qué les pasa o a ver, Explicaos.

Y entonces ya no hay recuerdos que valgan, ni siquiera la parcial o jalonada memoria, no hay camino o señal que seguir hacia adentro para decidir o pensar lo que haremos ahora; no podemos siquiera seguir las marcas del tiempo y del cómo, las circunstancias precisas que distorsionan o pierden el relato del mundo porque ahora no estamos en él, aislados de nos, a solas —estas siete personas— ya en un sitio que pertenece sólo al presente sin marcas de lo no definido. Tal vez sea sólo él, el cartero o presunto impostor, quien tenga miedo morir y vea entonces como en una cinta su infancia, se agarre a su infancia o a los actos primeros que jalonan la memoria de alguien e incluso hasta sienta —recupere creyendo que por última vez— un recuerdo perdido o pocas veces contado, qué hermoso alegato le arman sus queridas imágenes, aquellas que no alcanzamos ni en broma, las que no puede contarnos ni constituir en discurso ni en súplica.

Sabemos que no puede explicarse como tampoco nosotros, no tenemos respuesta para la claridad que reclama y eso —a que sí— él lo debe saber.

Sin noticias

Seguimos sin noticias, dice R.

Sin noticias, lo repite para mí y para los otros, ninguna. No hay nada que hacerle, ¿o tú qué crees? (R le pregunta a cada tanto a Karen, la interroga).

Pero Karen no opina. Finge leer, o cualquier otra ocupación. Pues no sé, se escabulle –escurridiza Karen–, o le devuelve si acaso la pregunta: Pues no sé, ¿y tú, a ti qué te parece? Dime, a ver.

A ver, veamos.

R se desasosiega entonces, tartamudea un poco entonces, Sin, dice, sin noticias, sin ellas que andamos. La verdad es que R ha estado así toda la noche. Insoportable. A cada rato sale, deambula un poco –se lo ve desde el balcón–, y retorna luego a comunicarnos la ausencia o su desconcierto, que es decir Nada, no hay nada, o a veces, en vez de Nada, Nadie. No hay nadie.

Ahora mismo está allá abajo de nuevo, parece. Karen me llama, me indica un bulto que no distingo en la esquina. R se está inclinando sobre el bulto y de aquí pareciera como si quisiera ocultarlo, que lo empujara tras las adelfas –hay un cantero y una fila de adelfas en el cantero–. Sea lo que sea lo cierto es que R algo trasiega, que ahora lo acomoda. Y sí, es probable que lo oculte. Pero no sé qué pueda ser, le digo a ella que me pregunta, que duda y me pregunta Qué será, y comentamos o adelantamos hipótesis, Qué podrá ser. ¿A ti se te ocurre? A mí no. ¿A mí? Yo no sé nada. Y ya R vuelve, sube en dirección a la casa, ya llega.

Sí, ahora el timbre de abajo. Luego sobre la escalera los pasos.

Vladimiro

Llevado a las suyas, tornas y tardas, Vladimiro es hijo (salvo por el nombre) muy cabal de su tiempo. El tiempo, si no lo ocupa en la que entiende –siempre Vladimiro– rentable venta de género, o en el consumo de bobería cualquiera similar a las que vende por el día, le escuece y se le hace espeso, se le hace impenetrable –por ininteligible–, se le hace casi una nata de tiniebla o de bruma (el tiempo: esa demora, por ejemplo, que le transcurre solo en casa cuando espera a alguien y no se decide del todo –dubitativo Vladimiro– a ponerse frente al televisor, ni a repasar otra cosa que su cita que ahora tanto tarda, habrá que joderse con la niña). Hijo de su tiempo, bueno: será el suyo pero también cada vez más el de todos, y de la trivialidad rebajada a alimento de rebaño, de un espacio cada vez más en sombra y en sus tintas, por supuesto, medias, sórdido o soez en su estro: Vladimiro, el pobre, tiene que cargar con lo suyo –qué más dará si hijastro o hijo, él, de todo aquello, o mero remanente.

Lo del remanente igual a él le suene a chino básico. Igual, no, puede apostarse: más bien seguro. Lo del nombre, en cambio, se lo debe al padre, hijo él mismo de otras épocas (tengo una conocida que lo lleva mucho peor, y se llama Stalina). Las del padre no de medias tintas, sino de trazo grueso. Pero Vladimiro, a pesar de los pesares y del nombre, señores, oigan, es feliz: llevará a su chica, todo un detalle, si es que llega –ya llegará, todo tarda pero llega, que las cosas de palacio van despacio, el dicho nacional español– al cine y al chino del centro de ocio, en su coche del año pasado –que tarda pero que llega–, y después si hay suerte va y le tire un polvo –nada del otro jueves, de estos polvos vaya usted a saber qué lodos, pero hombre, en fin, veamos: un polvito–. Capaz que se lo agradezca y todo, su chica. O que consienta. Y va y hasta se casan. En El Escorial, quién sabe. Y a su niño, claro, le pondrían un nombre más de raza, alguno como Borja, por caso. Un nombre más, cómo decirlo, más aparente que el suyo. Vladimiro (salvo lo del nombre, ya se sabe, y qué jodienda, porque el que no lo padece no se entera) es feliz, o eso que él entiende por cosa parecida o similar o sinónima, y señores, él, bueno, lo cierto es que no opina, pero mira: Y sí. Si este país ir, lo que se dice ir, no es que vaya bien, sino más bien de puta madre (ya llega la niña, la parienta, a Vladimiro enseguida es que se le nota, y se nos va poniendo entusiasta).

Ir, lo que es yendo, va despacito, pero ya se sabe. Y Borja, bueno, Borja va y llega lejos, o a más, que no sabe a poco. Que no es poco, no. Que no, te lo digo yo.

Entresuelos

Discurso, deriva de entresueños. Balbuceos o más bien caída, peroración en trance: recorro el mercado (hay un mercado) buscando gallinas. Aves de corral en jaulas, corrales más que jaulas, cajas para pájaros. Leo esa palabra en varias lenguas, en la mano un folio con la palabra apuntada, y en todas hay algo que desconcierta. Una mujer habla sobre una tarima y pondera virtudes: la templanza, dice. La honradez, la sinceridad,

¡La decencia, el decoro!

La discreción de las gallinas (de fondo cacareos, graznidos, revoloteos ruidosos), sin que llegue por eso nunca a la melancolía, sin que medie esa franja de niebla, dice, que puede ser la melancolía, el temperamento melancólico. Luego aparece en medio de la plaza un carromato tirado por caballos, un carromato lleno de pacas de heno sobre las que reposan aperos de labranza, como en una exposición. La mujer de la tarima, sin que medie siquiera una sorpresa, sin que medie siquiera el alto de una pausa, grita ahora a los pájaros: los arenga.

Y de alguna parte, como una ola, sobrevienen aplausos.

Versión de Ofelia

No hay historia que termine como empieza. No hay historia que termine sin comienzo claro, que termine en lo que fuere sin haberlo olisqueado en su comienzo, sin que ese comienzo haya sido, mal que nos pese, fin previsto: no hay sin semilla verdolaga, por ponerse agustiniano, como no hay sin aliento crecimiento. Lo cual, lo cual, sea lo que sea, no es ni bueno ni malo, dijo Lucy: lo cual no hay que confundir, ni remotamente, con lo que pudiera parecer a un observador distraído, a un observador regular o mediano que no vaya al fondo de las cosas. Que no acuda presuroso al fondo de las cosas. Lo cual –tal cual: lo cual– es algo que no hay que confundir con otra cosa. La leyenda de Lucy, si es que hay una leyenda de Lucy, se nutre de esas palabras. Se sostiene, está apuntalada por esas palabras, micrófono abierto y posteridad a la escucha. De esas palabras y de un sueño, si bien hay que decir que el sueño pertenece a nuestra leyenda privada y aquel parlamento suyo, como en cambio es sabido, pertenece a la leyenda pública, Lucy compartida o depauperada entre todos. Hay dos leyendas de Lucy superpuestas: la que ella misma desperdigó en torno suyo y la otra, la que se tejió en torno suyo. Las dos, es lo que hay, son locales. En la última, sospecho, se incluirá la nuestra, más o menos privada pero más o menos ajena también a ella (ajena también a Lucy, quiero decir). No lo sé ni ella podrá decir nada al respecto, Lucy que no puede hace tiempo decir nada al respecto de nada, en el 2000 su Y2K fue más bien un broche de oro, un broche o un cierre absurdo y lujoso a la leyenda (la suya y la nuestra y la de todos) que la haría ya leyenda y no imagen, su versión de Ofelia. Todo artista que se respete, había dicho también, debería tener su versión de Ofelia, y la suya es desde entonces la mía, Lucy en las aguas desnuda y pálida, opalescente ese adiós extraño y abrupto, un apagón sobre un río apagado que cuando era niño estaba vivo, el Almendares.

Cinna el poeta

Llega callado, dándose a cada tanto la vuelta, mira. Acerca un palmo las narices, olisquea el bufón los manteles ya manchados, la mesa muerta. En la mesa hay lamparones rojos como sangre y hay restos, platos, la cabeza y el brazo de un hombre que duerme, o rendido; también hay botellas, alguna mediada, vacías, hay sangre,
Nada como el vino,
musita una mujer coja mientras sirve generosa a cuatro o cinco. Vociferan los servidos –y él sirve–, compiten su favor, y ella cojea. Sirve y lo repite, como si fuera conjuro: *In vino veritas*. O cosa similar, sin latines, vino agrio del que es nuestro. En derredor cinco miradas nubladas, pero aún deseosas; la mirada sumisa del deseo. Sin embargo, vociferan: no más sumisión que en esos gritos. Nuestro vino, claman, el posesivo meritorio.

Vasos de calamina o de peltre, vajilla o más bien *equipamiento*, sin dudas pobre; el bufón hace una cabriola, olisquea. Huele como quien busca, el perro que olfatea presa o peligro. Se arrastra callado, como quien busca un escondite. Ya, ahora –y ya está pasando, ya es ya–, intenta huir,
¡Yo soy Cinna el poeta!, ¡yo soy Cinna el poeta!,

grita el bufón pero de qué valdrá. *In vino veritas*, la muerte o matar son un juego. La mirada sumisa del odio, la misma en todos los ojos de la chusma, la misma chusma de siempre de esta tierra enferma. Conga del Leteo: un accidente siempre luego, un error. O el olvido, vino agrio de olvidarse, la memoria por ajena sin mérito.

Simulacro

Reglas del sacrificio romano, anota Musil en su diario (II, 135-36): *Sciendum in sacris simulata pro veris accepi.* Tener por auténtico el simulacro.

Y unas líneas más adelante:

> Éxtasis, en síntesis: la vida se libera del espíritu. A través de la contemplación. Lo que se contempla es la realidad de las imágenes primigenias. Las imágenes primigenias son almas del pasado que se manifiestan. Para manifestarse, necesitan unirse a la sangre de seres vivos. Eso es lo que ocurre en la contemplación. El mundo de los cuerpos no es sino un mundo de símbolos.

A todas estas, tiene la impresión de que su vida no contempla sino el vaticinio de su propio agotamiento. De su propia muerte.

A esa versión personal de la entropía Musil opone el esfuerzo. El trabajo que convoca una disciplina. Ahí están, por ejemplo, los *Diarios*. Casi cuarenta cuadernos de letra apretada, de letra contra el tiempo o más bien contra el apagamiento, el desgaste. También, de letra encerrada en sí misma: a veces, de letra que elude la vida (lo que se desgasta, lo que se intenta acaparar, atesorar. Ahorrar esa energía).

Con todo, prevalece la impresión de un *continuum*, de un curso de los acontecimientos.

III

Casandra

für Elisa

Nubes, dueñas, duelos. Parques
—Donde se niebla tu campaña, compañero.
Eso. Supongamos que eso. Los encargados limpian las crines de los caballos, cabellos pulcros, barren y trenzan crines, clinamen del ciego.

Volvemos. Ella camina delante, me lleva tras suyo sin tocarme. Al lado aunque la mire desde atrás ahora. La veo moverse, la veo avanzar, ese leve bamboleo de quien cuando camina se sabe observada, de quien se sabe o se imagina deseada. Ella lo sabe. La sigo, la deseo,

cuerpo y sombra, ella y la noche

que como siempre se toquetean, proclives sólo a sí mismas, en su rincón oscuro. Proclives a mirarse, toqueteándose todas. Proclives a nada. Arañazos en la espalda, besos leves —Un aleteo y no la lengua, dice. Me voy ya, dice, habla ahora, a mi rincón oscuro.

Y día nublado, y niebla canaria. Amnesia
y qué fue entonces lo que pasó, dice,
y luego silencio.

O lo mismo, rincón sin sombra, pero hace años tiempos idos. Y no sé yo qué haga escribiendo todo esto. Como

Casandra, diciendo lo que no sabe (dice alguien). O como alguien que se calla, el rincón oscuro, zona de pausa. De lo que inquieta, lo que rezuma ciego.

Rumbos

La quilla surca el rumbo, mar de nadie. Todavía: mañana será el cerco de la isla. Sin peces, dice Lucette del mar; Lucette espera el sol

no para broncearme, porque anima

hace tres días. Tendida en la cubierta, piel de zanahoria, hay más verano en su piel que fuera. Porque no hay sol ni hay peces: pobre Lucette, tan sin ánimo. A veces va y se moja con una lata, le han dicho –dice– que pega al cuerpo resolanas. Sí hay, pero no se ven, le digo por decir. ¿Los peces? Los peces. También –ella sostiene– el ánimo, dormido.

Se tiende de nuevo. Lee o finge leer, yo la miro –la miro y la imagino– y finjo acompañarla. Espera a secarse, la piel que primero gotea se tensa luego de a pocos, se demora. Entonces Lucette baja, hace y deshace las maletas, garabatea alguna línea en su diario. Me he prometido no leerlo, pero pudiera ser algo como Tanta sombra agota, tanto mar sin peces. O alguna otra cosa más simple, fechas o rutas, latitudes,

signos

o quizá una lista de regalos, quién sabe. La imagino mar de nadie, rumbo ciego: algo como medir la distancia que falta –que nos falta–, el tramo siempre opaco.

Daguerrotipos

Apenas unos días luego del solsticio de verano. Son, dice, los días más largos del año. Los días más largos de siempre. Afuera hay peces, grandes anémonas que vagan, ¿peces muertos?,

dice Lucette y se incorpora en la cama de golpe.

De pronto, de repente y de improviso, sopetón: un brinco. Estabas soñando, digo. Duérmete, insisto, pero ella con que no: Daguerrotipos, dice ahora. Daguerrotipos… Ah, bueno, estoy dormida. Vale. Ya. Y no hay peces.

Estoy dormida, dice, y a mí me dan ganas de indagar, de sonsacarle secretos. De abrirla sin preámbulos, una fiesta la del sueño ahora.

Sin sueño

Lucette sin sueño. Descalza.
—Ahora sin sueño, más bien.
Nadie sabe, escribió creo que Serraud en uno de esos cuadernos suyos, en uno de esos cuadernos de letra apretada por los que ahora se desviven los académicos cuando en vida la ignoró todo el mundo, qué alienta en la duermevela o la vigilia insomne del que da vueltas en la cama. Nadie que sepa a qué sabe lo que no puede nombrar. La idea es antigua (el sueño a propia ley y su ausencia evidente, palpable como un clavo que traba la lengua), aunque en Serraud adquiera visos de originalidad o de personalismo. A Lucette, además, le dará lo mismo ahora que Serraud o el que fuere haya escrito eso o que no haya dicho nadie nada. Nadie sabe, yo tampoco, qué aliente bajo esa piel, qué delirio o qué frase repetida, acaso sólo un fragmento arbitrario del día —de ayer: ya casi amanece, pero aquí clarea más temprano que en otros sitios, y no llevo reloj.

Ayer, hace no más unas horas, nadaba ella desnuda y despierta —de otra manera despierta— en el mar tibio de agosto. Ayer se despertó tarde, cuando ya llevaba yo varias de estas notas escritas. Ayer rumbo a la costa almorzamos en una mejillonera a mitad de camino, un sitio interesante aquél, y quizá sea eso lo que esté soñando ahora, sabores. O la sensación extraña de pisar conchas, de caminar sobre montones de conchas acumuladas como grava, la maldición o la suerte de aquel crujido ronco bajo los pies y ella perdiéndose en la sombra, buscando sombra en la canícula sin pensar en mañana ni mucho menos mirar hacia atrás.

Esmeril

Y luego siempre, en algún momento, toca llegar. Esa sombra del arribo, luz velada. Como si cerrase o bautizara de algún modo el círculo que empezó con la partida: una luz filtrada, que baila sobre la piel como si se la mirase de reojo. Luz siempre de soslayo, tamiz de malla fina.

El arribo. Vodka y pan ázimo en la mesa, y a la vera de la silla un botellón de agua de otros tiempos. Tampoco tan lejanos: más o menos tan remoto como puede resultar remoto el pasado, vidrio verde. El propio, digo. Luz de otros días. Identificable y cercano porque es el de uno, y a la vez tan remoto, tan de otro ese esmeril, la rejilla que abraza y el frescor del agua que no beberemos, o que aun de hacerlo sabría tan distinta, más memoria que agua, más un recuerdo que el buche fresco en la boca.

Ramitas

El cuerpo que se tuerce. Girar dentro los dedos, el latido, un pálpito que de a pocos se hace abrirse. Los ojos, la boca en el gemido,

Cabrón,

dice y se arquea, todo el cuerpo una luz o todo el cuerpo sólo cuerpo: un abandono. Lasitudes, una sonrisa que tiene de juego y de abandono y que es tan tuya.

–O tan cierta.

O tan cierta. Luego todo se desliza sobre trivialidades o sobre algún proyecto en común, aquellas fotos o las que vamos a hacer o una exposición el año pasado en La Haya, los temas pertenecen al mismo ámbito pero son intercambiables y la de antes ya no está. No está el cuerpo.

Se te ve mejor,

dice, mejor las cosas. Más lúcido, quizá: se te ve verlas. El viernes quedé con unos amigos, me voy unos días a Granada,

¿No vas a preguntar más?

No, no voy a preguntar más. Te quiero, tonta. Te quiero a ti, dice ella. Dice: Yo a ti más. O Mucho, incluso. O no dice nada.

Sin sorpresas

Lo que daría por eso. Lo que daría, dijo, por esa felicidad maculada y plena, llena de manchas de lo que fuere pero manchas comunes, manchas como los borrones de carmín sobre el pubis, las ingles, de una chica a la que una mujer acabara de comerle el coño por primera vez en su vida. Lo que daría por los gestos, las maneras de esa felicidad. Con todas las sombras que hagan falta pero tendida y larga, largo y tendid y común, ojos abiertos.
—¿Por esa despedida sin sorpresas?

Día de sombra

Día de lluvia, de sombra. O más bien su amanecer: no llueve todavía. Quizá no llueva. Pero puede o promete hacerlo y es ese lapso de promesa el que llena la mañana, hecha ya otra ésta de hoy, estribo del día. O su asiento.

Las tejedoras vuelven del trabajo; pareciera que vuelvan, pero en verdad van, aunque ninguna camine presurosa. Acuden, pero la sombra las congrega hoy distinto a como suele. No hay apuro, hoy. Pareciera no haber otra cosa –ninguna otra *condición*– que este lapso de promesa, asiento largo para el día.

O su tránsito.

A SABIENDAS

No hay palabras, hay un gato que se tiende al sol sobre la hierba como si fuera la última o la primera vez y él lo supiera. Lo que daría por esa última vez, por haberla sabido o por tenerla ahora a sabiendas, por esa despedida sin sorpresas.

Pintamos

Pintamos, un lienzo a cuatro manos. Me aplico con el fondo y ella en cambio se concentra en las texturas, raspa, frota con un paño y con un periódico y con una espátula sobre la tela húmeda,

—Texturitas,

dice y se lleva a la boca el cabo de un pincel, carraspea absorta o más bien ausente, ausente de alguna manera inapelable. De una manera, se podría decir, que también es elocuente. De una manera que habla hasta por los codos.

¿Hay fotos de ese día? Sí, cómo no, hay fotos de ese día. De ella, alguna del pequeño Julius –¡siempre impaciente!– correteando por la cocina o dibujando un caballo. No hay en cambio fotos del lienzo, el nuestro. Del de entonces, esa tarde.

Ahora el lienzo es otro.

Ejercicio: imaginar el de entonces, el que pudo haber sido. Por ejemplo, presidiendo el espacio, cubriendo blanco sobre el muro encalado. Atento a nada que no allane el camino de la mirada, ese observador imaginario: clavado en la butaca, frente al lienzo.

¿Quizá un marco de madera, uno de esos marcos anchos de madera que luce huellas, surcos de termitas remotas?

No consigo imaginarlo. Puedo recordar la tarde pero no recuerdo lo que pudo haber sido.

En ciernes aguacero

Pintamos. Un lienzo a cuatro manos que en verdad son dos: yo la miro. Una vez, en Madrid, pintamos también juntos una puerta que habíamos encontrado en la calle. ¿Un masaje a cuatro manos? No. Resoplidos, calor. Ahora es un lienzo. En ciernes aguacero.

Un paisaje a cuatro manos, pero no hay fotos de ese día. Hay calor y aire de lluvia, sudores que vienen tintineando rémoras.

–¿Qué miras?

–A ti,

digo y sigo en lo mío. Como si no me importara, como si nada pesara y todo se diluyera condescendiente en el aire.

Camanances

El barco ya vacío, sólo resta limpiar. Cabeza en blanco. Ese vacío de la libertad. Esa ausencia de peso, la ingravidez de la libertad. Sin vértigo. ¿Sin vértigo?

—Sin,

dice Lucette y se da media vuelta y se tumba ahora bocabajo, de espaldas al sol. Camanances, se llaman esos hoyuelos en la espalda –hoyitos espaldarios, dice Lucette, hoyuelos dorsales: hoyitos dorsales espaldarios, me gusta mucho más– o no se llaman así pero bien podrían, para los de la espalda la misma palabra que nombra los que flanquean la boca. Me gustas con esa belleza extraña del cansancio. Me gustas mucho así, digo, y ella se ríe,

—¿Así, sin vértigo? No estoy cansada, además. Lo que estoy es riquísima, tremendo material,

dice Lucette y se da de nuevo la vuelta, las manos bajo la nuca que imagino levemente sudada. Húmeda. Es increíble la luz de Amberes, la luz tenue y como tamizada de vértigo –sin– de Amberes.

IV

Jardín

No te desperdigues, no te desperdicies. Ni lo uno ni lo otro.
–Vale, sí,
farfulla Lucette, como de costumbre displicente: como si no le importara. Las cosas, para que salgan, decía hace mil años un amigo en La Habana, hay que hacerlas como si a uno no le importaran. Así, mira, mírame (y entonces chasqueaba los dedos, un gesto rápido).
A Lucette, por lo visto, esa historia la entusiasma,
–Al pelilargui aquél me lo singaba que no veas,
sonríe o se ríe, mirándome. Ahora que lo dice y sonríe no es ya displicente sino más bien lúbrica o lúbricamente reminiscente de no sé cuál nostalgia suya o mía, de aquellos años hace no sé cuánto en una Habana que ya no existe y que es posible, incluso, que no haya existido nunca.

¿Hubo un Jardín o fue el Jardín un sueño? En el fondo, todas las ciudades son ciudades imaginadas. En algún sentido, lo menos, son figuras imaginadas. En última instancia, sin duda. Trazado y tiempo y personas ficticias, con tanto o con tan poco de reales como ese espíritu del lugar que dirían algunos. Pero sospecho que pocas ciudades tan imaginarias, tan gastadas y por eso mismo brillantes, pulidas en la memoria o la lengua de tanto imaginarse, de tanto haber sido imaginadas, como La Habana. También, paradójicamente, deseada. Clavada en tiempos que ya no existen, tiempos distintos –capas superpuestas como las Troyas de Schliemann, concéntricas como los anillos de un tocón– y pasados y por eso mismo, he ahí la paradoja, fijos, inmóviles como si estuvieran anclados a algo pero vivos o actuales en ese frotamiento o casi bamboleo, un restregarse de la memoria o la letra que le saca lustre como a ninguna otra ciudad. Lo último, como a ninguna otra, casi de seguro sea falso, está bien, pero la propensión cubana a la hipérbole es de sobra conocida y no hará falta abundar sobre ella: *Es que en Cuba le decimos así*, apuesto que Lucette se burlaría imitando ese acento cubano que no existe tampoco en parte alguna, *news from nowhere*. Un enclave imaginario.

¿Hubo un Jardín, entonces, o fue el Jardín un sueño? La Habana de Cabrera Infante, por ejemplo, es tan abismalmente distinta a La Habana de *Paradiso* o a la ciudad que recordamos los que nacimos en los setenta o a la que pueden conservar consigo los exiliados cubanos del Mariel, pongamos por caso, que no basta en ningún caso con apelar a una yuxtaposición, a una superposición de capas históricas. No sirve porque lejos de explicar algo escamotea casi todo lo que aquí importa, y lo que importa es el hecho de que todas esas ciudades que son la misma y distinta tienen, a fin de cuentas, menos de historia o de circunstancia que de mundo fabulado. Su condición no es epocal o histórica, por más que la historia y la política estén presentes en todas ellas, pese a sí mismas; su entidad es metafísica o sentimental, es afectiva de una manera que además involucra sin remedio la identidad del que la imagina o la cree: seleccionamos La Habana que presuntamente vivimos, sin importar demasiado si alguna vez existió. La elegimos a partir de cierto consenso, más o menos generacional o familiar, más o menos matizado por el entorno del que la lleva consigo una vez elegida la suya. Si acaso, por la memoria de algún barrio o de algunas personas, por las primeras veces de algunas cosas (el amor o el sexo, el adiós, el valor o la pérdida). Pero no hay trampa, me parece: no creo que ninguna de esas ciudades sea una ciudad mentida, construida adrede por H o por B, un artificio para algo.

Esa pregunta sobre el Jardín, esa duda sobre si un paraíso perdido es realmente algo perdido o más bien un orbe ficticio, una entidad imaginaria que acompaña y sigue sin remedio a quien cree recordarla (o lo que es lo mismo, esa pregunta sobre cierta Habana imaginada, sobre cierta vida imaginada en La Habana; porque como duda, como motivo universal sobre lo que ya no se tiene es mucho más antigua, tanto como la *Odisea* y la nostalgia de Ítaca) aparece tal cual en una novela que empecé a escribir poco antes de dejar Cuba, que terminé en Madrid y que fue finalista del Seix Barral el mismo año que ganó Volpi, 1999 si no me equivoco. Cabrera Infante también aparece como de pasada en ese libro, y ya es mucha casualidad que aquel año haya estado Cabrera Infante mismo en el jurado del premio. La pregunta de marras está en boca de uno de los personajes, y me percato ahora que releo que no se sabe a ciencia cierta de cuál. A mí me gusta imaginar que aquel libro (que Seix Barral decidió no publicar luego, y que sigue inédito cuando escribo esto) le gustó a Cabrera Infante y me encantaría creer que le gustó, sobre todo, por esa ciudad o esa vida imaginaria en La Habana, como mismo la suya –la ciudad y la vida– lo son ya sin remedio en sus páginas.

Ya no sé hasta qué punto la novela aquella la escribí a medias en esa Habana imaginada, la del pelilargui que tanto pone a Lucette, y hasta qué punto ya entonces el personaje en cuya boca figura, y yo mismo que la escribía o el que era yo entonces, y aun el que ahora se pregunta todo esto y que andaría por entonces en ciernes (y seguramente alguno más), sabíamos todos que aquella ciudad no existía, que no había existido nunca. He ahí la pregunta, Que no podía haber existido, o sólo con salvedades de vértigo: de haber sido, lo fue únicamente de otra manera, de una que tiene poco que ver con la circunstancia o la historia o la biografía y que no sé definir, y que hará sonreír a Lucette cuando lea lo que digo aquí

—Al pelilargui aquél no veas tú...

y lo que decía allí, en la novela de entonces:

> Aires de otoño (Castresana esta vez el que *dixit*) volaban por sus telones; marcado al ras en medio frío, el retablo de La Habana. Los rostros –Castresana las caras, y también imagen, las caras sobre emulsión de plata– del *fiat lux* de lo posible. Colección otoño invierno en el desfile *all seasons*, todavía los rostros lucían la estadía en el Jardín, marcaban, las figuraciones del proscenio, al Jardín de quien no sabe. Ese paraíso nuestro ¿y eso quién lo dijo? tan perdido, tan agrio –el que fuere habrá insistido– que es el nuestro.

¿Hubo un Jardín, entonces, o fue el Jardín un sueño?
Entonces –no todavía– casi nadie andaba en bicicleta. El Jardín tenía un tiempo distinto al de la Historia de la que, por suerte o por desgracia, todavía quedaba bastante, demasiado por ver –incluso así, con una H grande y algo torpe, la historiada H–. No creo (dijo Matías) que ninguno de nosotros pueda decir con justeza las tribulaciones y azares del Jardín, aun si fuese el mismo para todos, aun si hubo –¿quién lo jura, quién se atreve?– Jardín un día, también, como bien podéis ver y ponderar y aun apreciar, esperemos que en la medida justa, con J grande.

Las mayúsculas mismas eran entonces otras, secretas, o no eran acaso. Las mayúsculas no estaban.

No te desperdigues, dirá ella seguro en caja baja,
–Destrábate, anda.

Volver a escribir

Todo hace tiempo que está varado en lo mismo, dijo.

Volver a escribir, dijo, tiene muchas veces algo de magia o de arranque. No sé por qué, pero supusimos enseguida que sería o habría sido escritor el tipo: hablaba de escribir como si en ello le fuera la vida o supiera muy bien de qué hablaba, como si en lo que decía hubiera oculto un sentido tremendo y a la vez antiguo, reposado. Un secreto. Así que Vera pidió otras dos copas de vino blanco para nosotros y una de tinto para él, y lo escuchamos un rato.

A veces hay épocas, como ésta misma, dijo, en que no escribo. Pasan los días, las semanas, pasan los meses y no escribo. Viajo o busco trabajos de supervivencia, me agencio empleos en puertos o en la construcción, cosas así. A veces atravieso dos o tres países en trenes que voy cambiando de estación en estación (se rió), sin pagar los billetes, es decir, sin billete. De polizón en círculos, en líneas que vuelven a veces sobre sí mismas. Eso no importa. Es cierto que eso no importa, pero ¿quieres sabes una cosa que importa? Tienes, me lo dijo a mí pero mirando a Vera –mirándola con respeto, sí, sin duda, pero con algo que podría inquietar, también–, una mujer muy atractiva. Es usted muy atractiva, amiga mía… Y de nuevo a mí:

¿Sabes que es bella? Ella lo sabe, dijo (Vera en cambio no dijo nada y medio que se turbó, y me tomó la mano bajo la mesa y sonrió con algo de distancia, tímida Verushka).

A lo que iba: volver a escribir ocurre poco una vez que se ha dejado de hacer. Poca gente puede hacer lo que yo, dijo, pero lo dijo sin que hubiera orgullo ni alarde en la frase, más bien parecía haber algo de resignación o incluso de cansancio. Poca gente puede parar y retomarlo luego como si nada. Es casi como los alcohólicos que vuelven a beber, que realmente nunca han dejado de beber. O como alguien que miente y se promete no hacerlo pero realmente, realmente, sigue bebiendo. Mintiendo. Pasa lo mismo, pero le pasa a pocos, dijo.

Luego se levantó, avanzó unos pasos todavía con la copa en la mano y se asomó a la puerta del bar. Afuera seguía lloviendo y pensamos que iba a desaparecer en la lluvia, a perderse en el aguacero (Vera me hizo un gesto con las cejas), pero el tipo simplemente se asomó, miró hacia fuera, volvió a la mesa y preguntó si podía estarse un rato ahí con nosotros, No, gracias, otra copa de vino sería demasiado. Por supuesto, dijimos, claro que sí. Y Vera intentó conversar pero ya el viajero no dijo más nada. Más tarde, como a las once, pasaron a recogernos unos amigos. Así, con él callado a la mesa, habrán pasado unos veinte o veinticinco minutos y es curioso porque no resultaba incómodo estar en silencio los tres. Luego, cuando por fin nos fuimos, nos dio la mano a los dos sin hacer distinción: el mismo apretón, un apretón de manos contenido y seco y que a la vez parecía esconder la mirada de quien sabe algo secreto sobre uno, o la de alguien a quien le pesara, eso lo dijo Vera luego, saber demasiado.

Unas dos semanas después lo volvimos a ver. Estaba sentado en un portal cerca de ese mismo bar, conversando con un viejo que parecía salido de una película o de una novela distinta a la suya. Hablando los dos como si hablaran entre mundos distintos. Lo vimos sólo de pasada (él no nos vió, creo). Al día siguiente Vera y yo nos fuimos del pueblo y nunca más nos hemos cruzado con él, algo por otra parte previsible y que no tendría por qué merecer comentario salvo si acaso por esa segunda ocasión, una segunda vez que ya en sí misma era un plus, o una negación de aquella primera donde ya habíamos pensado los dos, Vera y yo, que nunca más sabríamos nada de él, nada más allá de lo que dijo sobre sí mismo esa noche. Y de momento ese nunca –que siempre es caducable, claro– lleva ya en vigencia cuatro o cinco veranos, solemos pasar siempre unos días allí cada agosto y hasta ahora ni sombra.

A Vera, no sé si a sabiendas de que a mí la broma me turba, se le ha quedado el hábito de jugar con aquello de ¿Quieres que te diga algo que importa, quieres? Pues te digo, te lo digo. Tienes una mujer muy atractiva, mírame: soy bella ¿lo sabías?

Maitines

Repiques, maitines. Campanas, matutinas como en un sueño. Vagamente remotas, identificables en virtud de la misma vaguedad que las aleja: perdiéndose en humo, en niebla.

Campanas que ya no existen,

—¿Repiqueteos?

—Repiqueteos, sí. Qué puta eres,

digo y ella se ríe. Alza los brazos, ¿Ah, sí?, los cruza luego tras la nuca y se ríe. Hay que ver. Hay que verla así toda feliz. Repiqueteos, tamborileo ¿de qué? De la yema de los dedos sobre el coño de Lucette. De la yema de los dedos sobre el cuerpo, la piel tersa de Lucette. Una vez, en Avignon, jugábamos a eso: calor de agosto, gotas del baño secándose en la piel (una toalla que hubiera que haber lavado antes, pero en fin), el palacio papal a la vuelta de la esquina, como quien dice. No sé qué pinta aquí el antiguo palacio papal pero sí, lo cierto es que también contaba. Todo cuenta. Y la bañera llena, vaciándose, el borboteo del agua que se lleva quién sabrá dónde extraños fragmentos, las pátinas de la piel que no bebimos. Tan vagamente remotos como las campanas del sueño, en virtud de su misma vaguedad fragmentos. Fragmentos o huellas del cuerpo, da lo mismo. Adónde.

Tendida, abierta entonces sobre la alfombra o quizá quepa aquí mejor gerundio: abriéndose. Como si se estirara sin pausa, algo que mientras dura no cesa. Y que mientras dura parece no acabar nunca, transcurso sin tiempo o ni siquiera transcurso sino condición, verdad.

Recuerdo un poema de Serraud, uno de los viejos poemas de Serraud, sobre una mujer que atraviesa un bosque a oscuras. En verdad, no recuerdo exactamente el poema, que no debe ser sobre eso, pero sí conservo nítida esa imagen, la de una mujer o una muchacha, una doncella creo que escribe Serraud, que atraviesa de noche un bosque. Trémula, temblando lo que no ve y no sabe qué sea o dónde la espere ni cómo, pero al mismo tiempo con valor, adentrándose con ojos que buscan abrirse –las pupilas que se dilatan en la penumbra– en medio de esa sombra, a través del bosque. Poco a poco, es lo que escribe Serraud o así lo recuerdo yo por lo menos, lo que es tiniebla ciega va haciéndosele sombra, va perfilándosele en sombra que siempre lo es de algo, poco a poco va ganando su nombre mientras la muchacha lo recorre y en ese recorrido la piel se le puebla, escribe Serraud, de todo lo que va emergiendo de la nada para ser sombra, contorno de las cosas: poco a poco el contorno de las cosas, dice el poema, se le puebla en la piel, allana su misterio.

Aquella vez en Avignon no había misterio, o más bien no había sombra. Misterio sí, el de aquel tiempo vuelto otro,

   –¿El del gerundio?

El del gerundio, por ejemplo: Lucette abriéndose. Toda feliz, toda atravesada por eso. Sin pausa, sin decir nada que no fuera ella misma en la tarde, nada que no sea el tamborileo hecho latido con la piel. La osadía o ese cálido estupor de más allá, creo que algo así escribe Serraud sobre esa mujer que atraviesa a oscuras, pero con valor, el bosque donde sabe que va a perderse o a encontrarse sin remedio.

Intermezzo

¿Detenido por qué, aguardando qué cosa? No lo sé. Como una pausa, un entreacto: notas negras en cuadernos dispersos, música, lavar platos o el proyecto calabazas. Es decir, proyectos. Esto es, cosas en marcha. O lo que es lo mismo, su imposibilidad, su presencia. ¿Aguardando por ellos, entonces?

No. Y además de además, daría lo mismo.

Porque eso no contesta por supuesto la pregunta –si lo fuera, y si fuera en vez de ansiedad pregunta, si fuera la pregunta A la espera de qué, porque además no lo es: no hay pregunta, aquí no ha pasado nada. Del comienzo de la función, claro. De la reanudación del curso de los días, la pausa. De la reanudación, sin más, de lo que fuere.

El proyecto calabazas: secado al papel, prensado paulatino y al papel de semillas de calabaza. Secado a la prensa. De semillas de calabaza cuidadosa, ordenamente extraídas con cucharita y mezcladas con la pulpa, con esa fibra amarilla (si no te interesa el proyecto pues las tiras, soltó Lucette antes de despedirse y lo dejó, por su parte, al decirlo digamos que bien sentado: Ya verás lo que haces) que las une como en una malla. Así que es eso lo que hay, entonces. Un procedimiento cíclico, una continuidad. Recurrencias.

Procedimiento: cambiar el papel. Despegar, si hace al caso, las semillas, los restos de pulpa y fibra. Dejar correr el agua sobre el cuenco como si se lavara un negativo, como si el cuenco fuera un tanque de revelado abierto y aplicarse en esa pausa que resulta a su vez el fin de la labor, dejar correr tiempo o dárselo. Un entreacto, aplicarse a esa ansiedad. Colocarlas de nuevo bajo algo que pese.

Enfrente, una fila de palomas observa. Una fila entera de palomas se demora o parece que lo hiciera o se entretiene ¿aguarda qué? desde el alero en todo eso. Más prolija que sutil, su mirada ciega. O quizá en la lluvia –también, ¿tampoco?–, y esperan sólo que escampe.

Aire

Sillas blancas. Pintadas de blanco. Y olor a salitre en el aire, de cuando en cuando el graznido de una gaviota, o de esos pájaros parecidos a gaviotas pero algo más pequeños que tanto abundan por acá.

Las sillas, desde aquí abajo, parecieran suspendidas en el aire, como si el aire las sostuviera o más bien, recalcó Calvert, como si las sillas formaran parte del aire, una masa que flota en un medio denso de salitre –el mismo que las carcome el que las sostiene en el aire.

Los pájaros, en cambio –de cuando en cuando el graznido–, sólo se desplazan: se alzan o caen o se dejan caer como quien sabe lo que hace. O como quien no supiera hacer otra cosa, riposta Lucette: cuestión de naturaleza, dice, cuestión tan terrenal ésta que no tiene misterio.

Una de las sillas tiene en una pata una grieta larga y profunda, una incisión como si alguien hubiera rajado la pintura y la madera con la punta de un cuchillo, como si alguien hubiese hecho adrede, concentrado, esa hendidura.

Una sombra

Y sobre el andén la sombra, además, casi que para título rimbombante, *Una sombra en el andén*. Ideal para novelita de kiosko y de estación, de ésas que se arrumban entre postales y planos y guías de ciudades, vecindad de itinerarios. Pero lo cierto es que fue así –sola la silueta, la proyección del cuerpo– mi primera visión de B, no de ella misma sino de ese trasunto que es siempre una sombra: alargada –más esbelta B en su anuncio o su víspera, eso le gustó saberlo– y obviamente femenina su sombra, a pesar de la mochila y demás avíos del viajero y a pesar de lo casual, de los pesares. Vista por interpósita sombra, lo menos la primera vez.

B es danesa, viaja también a Toledo y tomaremos el mismo tren: de todo eso me informa mientras compartimos un cigarrillo que ha liado ella con eficacia, conversamos en un inglés pésimo –el de ambos pésimo, será por eso que nos entendemos tan bien, la *lingua franca* siempre tan impostada y segunda. No le ha gustado Aranjuez, me lo cuenta frunciendo los labios, Demasiado poco, dice, demasiado grande todo.

¿Monumental?

Monumental, conviene. Hablamos del río, que nos gustó a los dos. Ella se ha bañado en el río, yo no. El

Tajo (que nos encontraremos de nuevo en Toledo) tiene desde la orilla un verde esmeralda, algo opaco, que me disuadió de un baño –aunque esto que digo sea quizá falso, de estar acompañado sí que hubiera nadado; hubiera nadado, ahora que lo pienso, sin remilgos por ejemplo con ella. Se lo digo, lo chapurreo y ahora no sé si me ha entendido, porque se ríe alto, estentórea (ahora sin mohines), risa franca.

¿Estamos apurados, hay prisa? No, yo no llevo prisa, ella tampoco. Ninguna prisa que quiere decir ninguno de los dos, ni suya ni mía. B sugiere cerciorarse de que los boletos servirán para el próximo tren y yo lo verifico; desde adentro (estoy frente a la ventanilla) lo único que veo de ella –ella espera afuera porque la gestión es mía, la lengua que distribuye roles– es su sombra otra vez.

La sombra es alargada como la primera –la suya en el andén, que fue desconocida y genérica–, pero tiene ahora rostro y tiene voz, lo conocido reconforta y (como va ocurriendo en este instante) entusiasma. Cuando nos vamos está llegando el tren que no será ya el nuestro, tenemos tiempo, Demasiado poco –me dice–, pero bastante, ¿Monumental?

Monumental, sí, me respondo yo mismo, y B se ríe, creo que de nada preciso, también yo. La sigo en la risa, creo. Y luego nadamos, hay tiempo. B se desliza como una sombra en el agua, ella sombra otra vez, y la sigo sin esperar de ella nada, casi como se sigue con la vista a alguien a quien nos hemos cruzado por azar un día y que no veremos de nuevo nunca, también ese vértigo aquí.

Música

Nadie pensaría que ese síntoma fatal tiene de pesadilla si no fuera por los ruidos,
—Música, sonríe ella,
o si no fuera por el luego. Luego: pisadas húmedas que dejan rastro sobre la hierba, algo de estupor o de no saber bien a la mañana siguiente qué hacerse. Un después, la mañana esa: todo un prodromo, un protocolo asertivo (dice ella y se encoge de hombros como quien pidiera disculpas). La mañana en cuestión, ay.

Esa suerte de espera, contará luego si alguna vez lo cuenta a alguien, lo contará quizá si cuenta a alguno de sus amigos, al abrigo de un café confortable y ya sin magia o síntoma alguno de magia que la desasosiegue: Esa suerte de espera, de nudo que ya amanece trabado y no pareciera que vaya a deshacerse pronto, y que sobreviene como la noche. Pero que siempre se deshace, claro. Que sobreviene como un espejismo, como aparecen de pronto cuatro casas imaginadas en el desierto, agolpadas al borde del camino no sólo en cercanías sino también por presencia –cuatro casas, una mancha poblada en una extensión desierta, un lugar donde quizá haya alguien o agua– y que el viento pudiera barrer como se barre una imagen si uno se restriega con insistencia los ojos.

Los ojos. Frente al espejo, una bata de felpa que le queda grande, una toalla blanca envolviéndole la cabeza: por un segundo se la viera (pero nadie mira) más como un cuadro que como a ella, o se ve ella más imagen que lo que ve de sí misma y eso ni siquiera la sorprende, tampoco es que parezca otra –el cuerpo o los rasgos del rostro más bien intransferibles, ahora–. Sólo, eso sí, que la que la mira por un instante la sorprende.

Luego, ya en la calle, se cruza con una mudanza. Armarios de cedro o de caoba, unos sillones de cuero que juraría haber visto anoche, de los que apostaría que estaban allí. Sillones caros, como esos de Le Corbusier, mesas de acero. Los operarios miden el ancho y el alto, calculan el trasiego en ciernes. Uno de los hombres le sonríe y ella intenta no mirar, hace por caminar con los ojos siempre hacia adelante, pasar de largo.

Duelos

Duelos de diciembre. De diciembre no: de enero. Tanto de echar en falta lo que de antemano se sabía ya perdido. O lo que de antemano se sabía. Así.
–¿Y para qué?,
dice Lucette y sonríe (a medias sonrisa la suya, a medias encogimiento de hombros). Pues no sé para qué. No hay para qué, digo. Y ella: Pues eso. Chaos reigns.

A veces Lucette come zanahorias. Así, a mordiscos. A veces se la lleva a la boca como si lo que tuviera en la mano fuera no una zanahoria sino una pinga y juguetea todo despaciosa con eso, sorbe, lame y chupa y luego me mira fijo. Con sonrisa de siluro, a medias deseo y a medias saberse vista.

¿Me mira? ¿Me mira a mí?

Se mira mirándome, más bien. Se mira mirándose. Se mira haciéndolo, a ella.

Luego, esas veces, se ríe y dice cualquier cosa. Dice ¿A qué hora salimos? o dice ¿Te apetece un té conmigo? o ¿Te falta mucho todavía? Yo me voy ya a la cama, o más simple: Hoy me voy temprano a casa, cuídate mucho.

Villebois-Lavalette

De la plaza del mercado de Villebois-Lavalette se diría que es por lo menos medieval, aun cuando parezca que hubiera estado allí de siempre. Impone la impresión de algún antes, de algo previo que la recorriera y lo menos en este caso lo hay, porque el mercado original es del siglo XII, pero el que queda en verdad es mucho más reciente, si no me equivoco una reconstrucción del siglo XVI o del XVII, da lo mismo. Lo previo, supongo, reverbera debajo, y cuando la piedra se moja parece relucir como si estuviera viva, o como si tuviera una piel que, a diferencia del peso muerto de los peldaños, a diferencia de las vigas de madera hace siglos muerta, sí estuviese viva. Algo como la piel brillosa de un animal, gruesa y aceitada; como la piel de un hipopótamo o de un manatí. Cuando se la moja o más bien se la baldea, quiero decir. También pasa algo similar con la lluvia, pero esas veces mucho menos, o quizá lo paulatino hará que se note menos. Aquí no hay aguaceros como los de allá, por supuesto.

El caso es que en ocasiones bajaba la cuesta donde vivía entonces sólo para ver esas piedras. Para verlas cubiertas de algo que pareciera temblar, o de algo que pareciera dispuesto a temblar, a estremecerse un segundo como en una convulsión. Otras veces sencillamente pasaba por allí y las empleadas del ayuntamiento habían baldeado el suelo de piedra y los grandes escalones de piedra del mercado, y subía la cuesta hacia casa volviéndome a ratos. Volviéndome, sí: como si algo me llamara de ahí o me siguiera desde allí y fuera a sorprenderlo con sólo darme la vuelta. O a sorprenderme a mí eso, como si fuera a verlo en el preciso instante de abalanzarse. En fin.

En cualquier caso, sabía que no podría decirse que miraba esa pátina húmeda de la piedra como hubiera mirado la piel de una mujer, con la misma fascinación o la misma atención o ni siquiera una emoción equivalente. Sabía bien que no podría decirlo porque la frase se hacía imposible por cursi o por lírica o porque sonaba a mentira (y probablemente lo fuera), pero era lo que sentía entonces y me hubiera gustado poder formularla mejor, decir eso mismo con otras letras. O eso lo menos fue lo que pensé varias veces mientras subía con trabajo aquella cuesta camino a casa que a mediodía, invariablemente, me hacía volverme y sudar, caminar otro tramo y luego volverme otra vez.

La trifulca de los pájaros

Una garza. Gaviotas. Una garza y gaviotas y un canal que desemboca en el mar. Un canal de agua verde y rodeado de árboles que probablemente desemboque en el mar y tres copas de vino en una mesa vacía: tres copas de vino vacías encima de una mesa de tablones rojos. No sé cómo se llame el sonido de las gaviotas (graznidos dice otra cosa, pero no sé cómo se llame eso que hacen). Entonces: revolotean en círculos, graznan. Una reunión (una asamblea, la asamblea de los pájaros: así se llama un poema de Farid ud-Din Attar, que además de un poema es una alocución sobre Dios, que en el poema es el pájaro Simurg) o más que una reunión, ésta de ahora, mera trifulca de pájaros. Dicho de otro modo, tremenda bronca. Por el alimento, por qué si no: pan que alguien arrojó a las palomas. O a los patos. No creo que a las gaviotas. Las copas peligran entre tanta pluma. Nadie lleva pan a las gaviotas, nadie. Nadie espera despierto su último día. Nadie sabe.

1939

Arpegios, notas. Partituras sobre la mesa, una mesa amplia y despintada que es el único mueble en toda la habitación. Un cuadrado de sol sobre el piso. La madera luce trazas de barniz, de líquidos derramados sin querer, huellas acaso del deseo o del cuerpo. De qué si no del cuerpo, a fin de cuentas,
—¡Qué otra cosa si no!
y trazas, algo más antiguas (no son, sin duda, recientes como parecen serlo las otras) de haber sido sometida en ciertas zonas a una especie de preparación: superficies lijadas, punzonazos o marcas de escoplo que transcurren a veces contra la veta y a veces en su mismo sentido. Como si alguien la hubiera preparado para algo, seguramente algún proceso de restauración o mejora que nunca se llevó a término.

La chica de la fundación asegura que la cabaña no se había abierto desde 1939, pero se la ve algo turbada con las huellas. Lo afirma como el que duda de lo que se oye decir, o como si ella misma no se lo creyera del todo. Por más convencida que estuviese antes, cualquiera diría que ahora mismo no se lo cree. La duda se le nota en la cara como si fuera vergüenza: tiene el tono de quien haría lo que fuera con tal de no tener que seguir hablando de lo que hizo anoche, de quien disculparía lo que fuera con tal de cambiar de tema o que lo disculpen a él.

El cristal de una sola de las ventanas está roto. Todos los demás, en cambio, siguen curiosamente intactos.

En una esquina, no en la pared sino en el suelo, hay grabados tres nombres. Probablemente con una navaja. No parece un trazo apresurado sino todo lo contrario, algo hecho con todo el tiempo del mundo. Uno de los apellidos (pero ya no lo recuerdo) no es alemán sino polaco.

Son tablas gruesas y están ligeramente separadas. Tarima flotante, que se llama. A veces, si se pisa el borde de alguno de los tablones, se siente una cesura leve, algo como pisar corcho o caminar sobre arena húmeda. No llegan nunca a hundirse del todo, pero se siente como si algo cediera bajo los pies, cómo debajo se desplaza la tierra.

V

Al sur

El joven Agramonte viaja al sur. De hecho, viaja más al sur de lo que haya estado nunca, Canarias queda en África aunque su espíritu, eso que podría llamar sin rubor Agramonte el espíritu del lugar, esté más bien asociado a España y a lo español. En el tren, el joven Agramonte piensa en ésta y otras vaguedades. Piensa que aun sin saber a ciencia cierta qué encontrará al término de su viaje, si cosa o conocimiento o suceso, en su inicio ya tiene lo que sabe que va a recordar (Aunque quizá me mienta o me engañe a mí mismo, el joven Agramonte duda). Piensa que ya tiene de antemano el mar y esa mujer que lo espera allí y a la que ha visto muchas veces en sitios distintos durante el último medio año, ocasiones todas ellas distintas pero siempre plenas en varias ciudades europeas, y que han venido teniendo lugar durante ya dos estaciones (eso lo observa ahora, que es primavera o casi verano). Esta vez, se dice, es la primera lejos de casa. La primera sin el negro del asfalto sobre el blanco, a los costados del tren. Sin nieve. El tren avanza mucho más despacio de lo que él quisiera, y sabe que lo espera una noche sin dormir en los asientos más bien incómodos del aeropuerto de Charleroi. Desde la ventana, de cuando en cuando, ve vacas. El joven Agramonte imagina, digamos que le da por ahí, a las campesinas que cuidan esas vacas. Las imagina ordeñándolas, y también esas playas de África que todavía no ha visto. Sabe bien que pase lo que pase no va a olvidarlas. Sabe que las vacas y las campesinas amables y algo rubicundas que las ordeñan son una figura, un extravío prescindible. Que la campiña de Flandes y las playas africanas tienen poco o nada que ver, ninguna cosa en común, se dice, por mucho que ahora se le superpongan en la retina arena y vacas. No obstante, sigue buscándolas desde la ventanilla y en algún momento decide contarlas. Como quien contara ovejas, piensa, y se entretiene o se abisma en eso. Piensa en Cartago. En *Salambó*, en Flaubert. El libro que lleva sobre las rodillas también puede esperar: mejor dejarlo, decide, para luego, para ya en el aeropuerto, la noche en vela.

Maspalomas. Un paseo por las dunas y por la playa. A paso tardo, sosegado: un devenir más que avanzar, menos caminata que dejarse caer hacia alguna parte. Un paseo de reconocimiento, digamos. Hay olor a salitre y de cuando en cuando ese olor a democracia de la crema bronceadora que decía Bolaño en Blanes, comenta ella. Y también, ay, los olores de La Habana, salitre y algo de herrumbre y la arena en los pies. En eso último concuerdan los dos. A él la vulgaridad canaria, esa suerte de tinte o de trazo grueso canario que permea todas las cosas, que contamina o cubre como liquen todas las cosas, le recuerda la vulgaridad cubana. A ella también, pero claro, dice, es distinto. A mí no me molesta o no me perturba

tanto como a ti. Comentan algo sobre los rótulos de los comercios: él, aunque no sepa explicar bien por qué
–Habría que ser tipógrafo, ¿no?
la ve allí, concentrada. Toda esa torpeza. ¿Y no tiene algo lindo?, insiste ella. No. No tiene nada lindo, me parece a mí.

Otro día, caminan por las dunas. Todavía es de mañana pero ya casi va siendo mediodía. El joven Agramonte lleva una cámara. Suben con trabajo por la arena que se desplaza bajo los pies. El mar invita pero se han concedido esa pausa o esa dilación previa y los dos se concentran en las fotos, más bien en el escenario de las fotos: sombra y luz duras sobre la arena, la ondulación del desierto –olas sobre arena– en las colinas blancas. Por un momento (sólo por un momento) el joven Agramonte ve de nuevo vacas. Un espejismo o una fantasía, ve vacas primaverales como las que contaba desde el tren, y aquí al imaginarlas las vacas resultan animales no sólo remotos sino también extraños, casi, piensa pero no lo dice, un anacronismo. O sin el casi, tan anacrónicos como si estuviera viendo dinosaurios o una manada de esos pájaros extintos, los dodos. Como si el tiempo diera una vuelta, hiciera un bucle raro. Como si pudiera imaginar de pronto, mientras dure *eso*, cualquier cosa: cuatro casas en lontananza a la vera del camino, más allá de las dunas, un desierto, la sed o el deseo o la sensación de saciarlos, la una y el otro, como si ahora además de ella estuvieran aquí, con ellos dos, todos los fantasmas, todas las voces de un desierto que no conoce. Incluso los fantasmas extintos, las sombras de un mundo perdido. Las sombras de un paisaje devastador, antiguo, ¿desolado?

Lo cierto es que al joven Agramonte ningún adjetivo lo convence pero tampoco los busca. Lo ve y ya. Todavía le da tiempo a pensar en desiertos que no conoce. En los desiertos africanos, sobre todo, pero también en el desierto de Arizona y en ese desierto chileno cuyo nombre no consigue recordar, y que estuvo de moda, recuerda, hace ahora unos pocos años. En las revistas de fotografía y de arquitectura, sobre todo, salía hasta en la sopa por entonces. ¿Atacama? Atacama, el nombre le viene a la lengua de golpe y es como si lo hubiera dicho ella. Y luego, así mismo como llegó, ya *eso* no está. Tampoco el nombre. No hay vacas. Y como tampoco hay fotómetro y como el joven Agramonte lleva una plaubel makina de los años treinta se pone a explicarle a ella –pero quién toma las fotos es él– por qué si 100 asa pues entonces 1/100 y f16, mejor 1/250, porque todo el escenario de las dunas refleja la luz como una pantalla gigante y estos obturadores antiguos resultan siempre algo más lentos que la velocidad nominal, y todo esto lo va diciendo como si desgranara arena entre los dedos y para entonces el agua, abajo, empieza a resultar ya tentación. No hay vacas. Y está tan a la mano la tentación del mar como un espejismo, algo que de momento distrae, piensa él. Luego, al cabo de un rato, dilación ya suficiente, bajan por las dunas hundiéndose en la arena, deslizándose.

Las huellas no duran nada, dice ella,

–Mira,

y señala vagamente a sus espaldas, en un gesto que podría comprender todo el paisaje, piensa él. Luego se desnudan junto al mar y acomodan entre los dos una esterilla con cuatro piedras, unas piedras negras casi redondas que al secarse se vuelven grises. El joven Agramonte piensa en la edad de esas piedras, en saurios remotos y en dodos. Pero aquí es una piedra en cada esquina, malabares con el viento y la arena, hay que insistir hasta que quede bien. Y yo quiero un chapuzón ya, dice ella y el joven Agramonte la ve alejarse desnuda hacia el agua, la piel blanca que refleja la luz mucho más que la arena. Sobre la arena húmeda, es lo que piensa sin mucha consciencia de estarlo haciendo, las huellas sí permanecen, sobreviven hasta que las lave la marea.

Ella hace algunos aspavientos por lo frío del agua y él la ve saltar en un solo pie, reírse, hacer muecas, lo habitual en esos casos. Pero por fin se decide y se zambulle contra una ola que rompe con estrépito en la orilla y que le empapa el cuerpo de una vez; hace un último ademán para él y él la observa alejarse ahora, nadando despacio. Desde aquí donde está no la escucha, ahora ocupa él solo la esterilla. Se acomoda. Ella se quedará un día más en Maspalomas y el joven Agramonte la piensa aquí, sin él. Ya con la piel menos blanca, ya probablemente sabiendo qué recodo de la playa es el más cómodo o cuál hora la mejor para irse yendo de vuelta al hotel, antes de que caiga la noche (hay que caminar un buen tramo), y por eso más segura, sin titubeos. De algún modo eso quiere decir que también con él, se dice, o en cualquier caso después de él esta semana juntos, y esa idea lo hace sonreír. De felicidad.

Unos días después, ya de vuelta los dos en sus respectivas ciudades, ella le escribe. Entre ellos es una costumbre. Quería mirar con tus ojos, dice. Estuve mirando con tus ojos para ver a qué sabe y por eso te cuento, a ver qué me dices.

Playa, Maspalomas. *Nuestra* playa, la del primer día. Arena caliente, tres muchachas rusas de cuerpos estupléndidos. Dos son algo mayores que la otra, tendrán unos veintitantos. La otra, en cambio, es bellísima, y tendrá si acaso unos dieciocho. Es rubia, está tendida al sol bocabajo y mueve rítmicamente los dedos de los pies. Tiene los labios del coño anchos y los labios menores asoman como una lengua, como si se relamiera los labios con la punta de esa lengua,

—¿A que sé mirar con tus ojos? ¿A que sí?

Tus ojos: Dan ganas de lamer o de jugar con los dedos con ese coñito depilado, terso, que se figura una un poco húmedo, un poco deseoso —está desnuda en la playa y aparte de mí hay dos hombres que la miran y es ostensible que la miran: ella lo sabe—. Tal vez por ser mujer tenga yo (o me conceda ella, se despreocupe) la mejor perspectiva: está tumbada con esos pies que mueve despacito a cada rato hacia mí, veo los muslos dorados —esa pelusilla dorada de una rubia al sol— y el coño que se ofrece rico, sabroso, tú dirías que una fiesta. Y sí. Pero son tus ojos: Los huesos de las costillas y de las caderas que sobresalen un poco (ese valle delicioso que enmarcan las caderas debería tener un nombre: el pubis, los labios que arrancan gruesos desde arriba, el clítoris grande y visible).

Y ahora se da la vuelta. Qué culo más rico, qué sabroso lo que desde aquí —unos tres metros a ras de arena— parece un corazón o una fruta. Es increíble mirar así. Es riquísimo mirar de ese modo. La trenza rubia sobre la piel de la espalda al sol. Los pies ligeramente combados, curvados hacia dentro, los muslos entreabiertos y un mechón de pelo que se mueve a cada rato con el aire. Cuánto de lo que se ve con ojos tuyos que suelo por lo general perderme, pasar por alto. Pero sigo: la chica se da un poquito la vuelta ahora, sonríe. Me gusta esa mirada, y también turba. Inquieta, digamos. Me sonríe: no vamos a hablar y ella probablemente lo sepa (la sonrisa no invita, no es eso, sino que más bien constata lo que las dos ya sabemos, que ella se sabe deseada y le gusta y eso también lo declara la sonrisa suya; la mía, en cambio, ¿a cambio?, dice que lo sé y me gusta que le guste, y ella lo sabe). Da igual. Leo o intento leer. Pasa un rato así, con ese temblor de la mirada: sobresalta un poco, creo, ¿no?

Y por fin sus dos amigas se van a nadar, luego ella. Se tienden un rato las tres desnudas sobre la arena mojada, están bastante más lejos ahora. Y luego se quedan de pie en la orilla, las tres. Uno de los chicos que ya de antes las miraba se toca ahora mirándolas fijo, en total desparpajo, pero es algo torpe: hace como si se sacudiera la arena de la pinga en movimientos cada vez más rápidos, una paja trepidante o medio a empujones, y ellas se ríen las tres en su lengua incomprensible –pero entre ellas, no con él sino más bien de él o sobre él. Yo por mi parte no digo nada ni muestro nada, como si conmigo no fuera. Ellas, incólumes. Porque no es conmigo, además. La pausa de pie era para secarse, parece: la rubia regresa a por los bikinis de las tres y se los ponen en la orilla, mojando los pies en el agua para que no queden trazas de arena en el coño, tú ni idea de todo lo que puede colársele a una bajo el bikini, en la playa.

Luego se visten al lado mío, recogen. La rubia sacude la toalla y la dobla con cuidado, como si fuera una sábana recién lavada o como si fuera, pienso no sé por qué en eso, una camisa de hombre acabada de planchar, la camisa de un hombre cercano a quien se le hace la maleta, por ejemplo. Una camisa que se coloca con cuidado, quizá con amor. Y es entonces que se vuelve, qué linda, y me dice adiós moviendo la mano, algo musitado en los labios con esa sonrisa suya que sabe. O que pareciera saber. Y es extraño, porque en esa sonrisa cabe más lucidez o más verdad, pienso también, que en cualquier tratado de estética, es, me digo, la sonrisa Baumgarten. En todo lo que tiene de trivial o casual se esconde el secreto del sexo o de la belleza o del placer o de todo eso junto, y a la vez hay algo también que asusta (por eso, puede que por eso mismo, me digo). Y de inmediato me digo que no, porque quizá si fuera el secreto de algo sería mucho más turbia, o más oscura la sonrisa, y ésta es únicamente lo que es, lo que hay. No el secreto de nada ni el síntoma de nada sino sólo aquello que sea, un guiño de lo que sabemos las dos y que nunca nos diremos y ni falta que hace, y también eso sabido, por sentado en sus labios y el gesto: nadie va a decir nada porque para qué, qué sentido tendría, o porque sin más no hace falta.

Viento

Resplandores de trapo, oro del bueno. Algún bálsamo antiarrugas: anoche Sabine y M no hablaban más que de esas pesadeces. Vanos los intentos de encauzar la conversación por otro rumbo. Vanos los intentos de algún mimo, alguna complicidad, de una mínima tensión erótica. Ni siquiera frivolidades: costaría encontrar algo ligero en aquellas cábalas. Costaría encontrarles un costado que dejara acariciarlas, pelusa de felino arisco todo ella, también M.

Luego, esta tarde, un mensaje suyo. Que si la llamo en diez minutos, dice. Que va a bajar, leo, a la calle a tomar el aire.

¡A tomar el aire!

La llamo.

Hay viento, más que aire lo que hay donde sea que esté es un ventarrón de cuidado, y no se escucha bien. Sólo me llegan palabras sueltas: distracción (¿un poco de distracción?), atrabiliario. Pusilánime, creo entender ahora (¿eso es conmigo?). No. Exánime, parece que exánime es la cosa. Está exánime, dice. Agotada. Corto y vuelvo a llamar, pero esta vez no consigo comunicar. Salta el contestador después de mucho insistir y dejo un mensaje absurdo, Soy yo, luego te llamo, suerte con la cena y pásalo bien, cuídate, etcétera.

Mientras hablo me parece oír el viento. No tiene sentido, pero me parece escuchar cómo entrecorta las palabras, así mismo, del mismo modo como entrecortaba hace nada las suyas. Y quizá es por eso que sigo hablando. Me parece como si estuviera oyéndome a mí mismo con esa dificultad, como si la voz que la ventolera se traga y que uno hace por descifrar fuera ahora la mía.

Tránsito

Camino de hierro, itinerario fijo. Desde la ventanilla campos roturados, nieve al fondo. Nieve en torno: pájaros ciegos, canta ella como si entonara una cantinela india y luego se calla un rato, se bambolea en el asiento como si por dentro siguiera rimando esa canción,

Sin miedo, nieve, sin retorno, dice.

A cada tanto avistamos un pueblito cuya vida desde aquí –el tren, el tránsito– no se alcanza a imaginar, y eso la reanima un poco. A veces, de cuando en cuando, el negro del asfalto sobre el blanco.

Doce cuerdas

Doce cuerdas, anudadas como un manojo de llaves. De puertas, de llaves, Lucette siempre Houdini: Mira, dice (los ojos como platos), y zas, se escabulle:
—Un día de estos voy a hacerte cosas que ni siquiera se te ocurren,
dice y tira y enarca la ceja, retuerce las cuerdas como quien juguetea con un rosario griego: un tamborileo de cuerda floja, un juego de manos, lance mínimo bajo el agua, grifo abierto.
Una vez, en Madrid, pintamos juntos una puerta que habíamos encontrado en la calle.
A mí me recordaba puertas de otro tiempo, esas puertas despintadas y macizas de La Habana. A ella no sé. A ella creo que alguna imagen, menos memoria que imagen, de alguna parte, una película o un libro o incluso algo del todo imaginado: más bien un tono, un registro. Al principio, cuando empezamos a pintar, nos mirábamos como tanteando (como tanteando a ciegas, a tientas y a gatas por un pasadizo oscuro). Por un pasadizo oscuro que condujera extrañamente al mar, que desembocara o fuera a dar a la mar pero no como los ríos de Manrique sino más bien como un desagüe, un subterráneo secreto

que comunicara dos edificios o dos ciudades, tramos de tiempo que sobre esa superficie extrañamente colindaran.

El gran andén

Trenes que se adueñan de la ciudad poco a poco. Un gran andén. Una estación de donde parten todos los caminos, una estación para perderse y para que nos pierdan de vista, para olvidarse y que se olviden de uno y desde donde puede tomarse cualquier ruta, una estación llena de túneles. De túneles que a su vez conducen a otros túneles. Que desembocan en alguno de los puertos de tanta tierra horadada, transitable. Túneles habitados a veces por ratas. Cualquier destino asequible, un ramillete de destinos a la mano. Cualquiera de las rutas que surcan como cicatrices el mapa de Europa, de esos hilos de hierro en la red que atraviesa ciudades y de cuando en cuando algún bosque y cruza sobre los ríos y los campos de cultivo: atrás van quedando surcos de lavanda, de trigo, esos terrenos que siempre parecen extraños donde crecen olivos o vides. Troncos que parecen muertos. Girasoles.

Una estación para perderse o encontrar el rumbo o buscarlo, pizarras llenas de números que no dicen nada hasta tanto no se arriba billete en mano al andén (un andén enorme donde nunca queda del todo claro si sea o no el correcto, si ése el tren que es o el que no), hasta tanto no se crucen los trenes con la sombra de su fantasma. Con la sombra de un desconocido. Con la sombra de una mujer desorientada que se sacude la nieve del abrigo o que sacude un paraguas. Con las sombras de los raíles recorridos mil veces, con el punto exacto desde donde se pone el pie en el estribo del vagón y ya entonces cada vez queda menos, resta menos en una cuenta atrás que se diluye en la víspera, menos de esa cuenta regresiva para detenerse o quedarse inmóvil o simplemente quedarse, media vuelta, un billete que alguien no usará –cuenta atrás de última oportunidad, el instante del que casi nadie dispone pero cuyo goteo es fácil de oír: basta con aguzar el oído y no confundirlo con los de la impaciencia o la prisa, a veces se entremezclan y es uno solo el concierto, a veces transcurren cada uno en su ritmo como una canción a dos voces, melodías distintas confundidas en una. Notas, melodías encerradas en alguna de esas pizarras con números o en las voces que pregonan, que advierten en lengua casi siempre remota de un cambio de última hora o de atrasos, el andén 12 que será ahora en virtud de su anuncio el andén 22 o el 14.